U0564525

四部要籍選刊·集部　蔣鵬翔　主編

元文類

二

〔元〕蘇天爵　編

浙江大學出版社

本冊目録

卷六

五言律詩

七言律詩

卷七

七言律詩

卷八

五言絶句

七言絶句

卷九

詔敕

卷十

册文

卷十一

制

卷十二

制

卷十三

奏議

元文類卷之六

元　趙郡蘇天爵伯修父編次

太原王守誠君實父挍訂

五言律詩

春思　張　澄

一春常作客連日苦多風野樹凄迷綠簷花暗澹紅愁隨詩卷積囊與酒樽空巢燕如相識頻來草舍中

觀物　許　衡

萬物備吾身身貧道未貧觀時見物理主敬得天真

心爽星辰夜情忻草木春自憐斲喪後能作太平人

趙氏南莊　許衡

曉起北窗涼清談戢羽觴入簾花氣重落地燕泥香
夢裏青山好吟邊白日長秋風載書籍相對築茅堂

晚上易臺　劉因

遺臺連廢壘落日展遥岑海嶺天東北燕遼世古今
升當多感慨直欲罷登臨莫更留塵跡千年不易禁

登武陽　劉因

朝遊樊子館晚上武陽城潮接滄溟近山從碣石生

斷虹雲淡白返照雨疎明且莫悲吟發樵歌已愴情

雜詩　劉因

堯山唐故國淳朴帶遺蹤種果收奴力開田亭素封
採收多上藥景仰近神峯夢寐驅黃犢巖居二老農

其二

聞昔蜚狐口奇兵入檮虛人才九州外天道百年餘
草木皆戎騎衣冠盡化魚遺民心膽破諱說戰爭初

其三

冀北高寒境英靈海岳全斯文若程邵家世亦幽燕

祀典今誰舉遺經會有傳吾鄉此盛事瞻仰在他年

其四

關嶺通山後風謠采路傍地寒人好壽草淺畜宜羊
用水如奴婢從川貯米粮西風如有約乘輿即吾鄉

其五

何事招提好山深馬可驅松巢低睒帽竹溜細通厨
霜栗千封戶雲屏四畫圖冠巾如用我白鹿是規模

其六

巖居訪高道少日在風塵回首話前事低眉厭此身

江山資寇盜，田畝化荆榛。領取天倫重，無君愁殺人。

其七

水繞千山合，雲藏數畝荒。初尋香有陣，漸入翠成行。
豚穽依危石，牛蹊帶小塘。團茅奄如畫，可惜是逃亡。

過奉先　劉因

閭遼承宋統，此志亦雄哉。置縣名猶在，因山勢已摧。
百年元魏史，千古汝南哀。華表鶴應有，悲風海上來。

齋居雜言　何榮祖

名教無窮樂，真知在暮年。中庸萬事畢，太極一心全。

世事頻觀易人情靜看天與來時有句幸爾亦飄然

寄暢純父治中　姚燧

欲聞眞息耗無使梓潼來烽火平時報田疇亂後開
徒歌王粲賦不直士元才遙憶牛頭寺思親日幾廻

輿病高崖道中作　姚燧

役役乾坤遠栖栖道路頻五年三入蜀十夢九歸秦
瘧鬼偏凌客山英定笑人無勞問前渡秖覺白頭新

舟達黄溪　姚燧

草木隨寒暑殊方榮悴同葦華兼露白檉葉未霜紅

日月雙飛鳥江湖一病翁晚來沙嶼上愁坐獨書空

發丹青神縣　　姚燧

青神開百丈江岸轉荒涼薜荔緣松起蒹葭並竹長

深披豺虎徑毒犯虺蛇鄉何莫非王事牽夫可愴傷

感事　　姚燧

致位丞疑地夔龍伯仲間星當朝北斗日巳薄西山

取謗因讐惡貪權失丐閑此行雖鐵甲未足比慙顔

次韻書事　　安熙

野性元孤潔無朋儘自皤業荒聞道淺靜久閲人多

靈鳳寧棲枳冥鴻本避羅南遊有高興何處是滄波

病中齋居雜詩　安熙

多病交游少相看動浹辰賦詩聊遣興觀化足怡神

問字有知己過門無俗人伊誰同此樂願卜許東鄰

進詩一首　李孟

十年陪顧問一旦決安危自合成功去應慚見事遲

長城何自壞孤注莫相疑辟穀求仙者高明百世師

岳陽樓待渡　高思恭

楚水凝千里湘雲隔萬層城高秋浦月星雜夜船燈

旅況天誰管年光鴈可憑殷勤澹山色相送過巴陵

泊舟湘岸　李材

長沙今在眼青草舊知名二月風檣疾三湘雪浪平藤深帝子廟花發定王城莫艤江南岸啼鴣處處聲

遊山寺　李材

行行行復止行到白雲間見客意不俗逢僧心便閑細泉分別澗小逕入他山擬借禪房榻追遊信宿還

送蘇子寧赴嶺北行省郎中　袁桷

貂帽護寒沙冰天閱歲華斷溪駝聽水客雪犬行車

雲盡難尋鴈春深未識花昔人奇絕處八月解乘槎

又

往歲經游地寒蕪碧燐深雲開山後陣水咽隴頭吟

雪白氊房重天青羽檄沉重華新雨露悲喜候車音

名酒　虞集

名酒不可得幽華誰送來秋霜垂鬢髮夕照在樓臺

盡日山公醉何年庾信廻喚人吹玉笛移席坐蒼苔

題秋山圖　虞集

峯廻留深隱天淸襲素袍棲身斷人蹟游目送鴻毛

樹挂栖厓鷙藤懸飲子猱龍眠石澗冷虎撼樹根牢
木客吟時共山樵奕處遭浮雲過水盡孤月挾霜高
羽使來三島胎仙舞九臯左招玉斧飲右攬赤松遨
空色收寥廓虛聲起繹騷彈琴遺古散載酒棹輕舠
遂向圖中見誰能世外逃乘槎幾月至一泛九秋濤

送國王朶而只之遼東　虞集

太祖收中夏元臣有武功建邦開土宇爲位冠君公
奕世王章在諸孫相業隆春秋周正月禮樂魯新宮
鹿弊金遺酎熊侯筭失中河山仍鐵券賓王若琱弓

投筆鄒枚秀揚於芮縮雄寒雲依碣石涷雨灑遼東
戎器櫜藏盡賢書奏納同大夫勞贄御惇史采民風

朝迴即事　虞集

宮樹春陰合霓旌拂曙來天光臨閣道雲氣轉蓬萊
晝漏沉沉鼓晨尊灩灩盃香霏簾底霧樂隱殿前雷
祥瑞儀曹奏珍淳尚食催舞廷分鷺序效獻過龍媒
融雪微生草輕風不動埃老人南極至王母上方廻
玉色何多喜金華得重陪裁詩賀朝雨西閣待門開

石田山居　馬祖常

甲子人愁雨河田麥已丹歲凶捐瘠衆天遠禱祠難
賈客還沽酒王孫自飽飡更憐黧面黑征戍出桑乾

其二

積雨衣裳濕愁人是麥田泥將深没馬霧欲墮飛鳶
爨火勞薪盡家居老屋穿墻根雜蛙蚓擬買繫籬船

其三

光山楓製錦潢浦荻飛綿秫熟何論酒魚來不計錢
卜隣多野老求藥有神仙爲客留羹筍清晨步石田

其四

四月淮天雨清林蔭碧池筍香隣甕酒禽響客總棊
田鼓春迎社鄉巫夜賽祠漸知飄泊久自覺是農師

其五

無麥夫何極吾憂隴畝空豈能驅盜賊得恐嚮兒童
荼蓼充腸熟樵蘇救口窮無端縣小吏召役到疲癃

其六

作客何多意淮南即是家自牽蘿屋小不正葛巾斜
書嬾眠尤熟詩來酒更賒春天雲嫵媚相對坐鷗沙

其七

竟日無賓至山房一禿翁竹光浮晝碧花葉颭春紅
田父分雞黍隣僧與鶴籠時行親杖屨未覺坐書空

其八

淮南窮僻地先世有林廬花曙鳴山鳥芹春躍岸魚
鼓琴仙度曲鍊杏客傳書朋舊如相覓體嗔禮法疎

郎中蘇公哀挽　馬祖常

墓門翁仲泣秋草九原深身世書盈屋鄉園樹滿林
故人多執紼令子蚤冠簪曾作陽關曲今成薤露吟

癸酉除夕　劉汶

此夕何多感明朝過六旬乾坤又元統人物少咸淳
酒厭山杯淥梅傷水國春燈前曾戲綵馬首一沾巾

早春述懷　劉汶

春與年年別窮隨日日增眼明貪夜讀事少忘晨興
倦鳥猶遷木潛魚已陟冰栖遲唯故轍無夢到飛騰

七言律詩

杏花落後分韻得歸字　元好問

獺髓能醫病頰肥鸞膠無那片紅飛殘陽淡淡不肯
下流水溶溶何處歸煮酒青林寒食過明粧高燭賞

心違寫生正有徐熙在漢苑招魂果是非

長安感懷　楊奐

此心直欲作東周再到長安已白頭往事無憑空擊楫故人何處獨登樓月搖銀海秦陵夜露滴金莖漢殿秋落日酒醒雙淚眼幾時清渭向西流

洛陽懷古　楊果

洛陽雲樹鬱崔嵬落日行人首重囘山勢忽從平野斷河聲偏到故宮哀五噫擬逐梁鴻去六印休驚季子來惆悵青槐舊時路年年無數野棠開

南京遇山樓　　劉祁

倚天突兀聳高樓樓上家人白玉鈎落日笙歌迷汴水春風燈火似揚州仙人已去名空在豪客同來醉未休獨倚朱闌望明月鸞旌依約認重游

戊辰冬赴試西京　　王革

慣掣蒼龍曉漏鐘受恩曾入大明宮香浮扇影迎初日人逐鞭聲靜曉風轉首俄驚成異世此身雖在已衰翁喚回五十年前夢再著麻衣待至公

題劉京叔歸潛堂　　薛玄

獨構茅堂養道眞滿前俗事罷紛紜皤溪夜釣波心月汾曲春耕隴上雲長笑熊羆勞應夢肯教猿鶴怨移文近來傳得安心法萬壑松風枕上聞

秋思　杜瑛

壯心忽忽劇懸旌秋氣能令客子驚白鴈不聞雲外過淸霜先向鬢邊生銅駝巷陌周東土金鳳樓臺鄴北城千古繁華俱一夢空餘草木戰風聲

和家弟誠之詩韻　段克巳

欲歸誰不遣君歸却恨歸來事事違烽火未休家信

少山川良是故人稀黃金入手還能散白雪盈頭不肯飛試問春愁都幾許長江滚滚日暉暉

雨後漫成　段成巳

羈思紛紛不易裁晚凉扶病獨登臺翩翩幽鳥避人去殷殷輕雷送雨來已拚此身閑裏老且將笑口酒邊開安車待聘非吾事休作姑山隱逸猜

七月望日思親　許衡

思却千思與萬思音容無復見當時草牕夜靜燈前語蔬圃春深膝下嬉將爲百年供色養豈期一日變

生離太山爲礪終磨盡此恨綿綿未已

燕城書事　魏璠

山勢囬環西北高強燕自古出英豪地連雲朔偏宜馬人襲衣冠盡帶刀塵暗玉樓無鳳宿雲埋金水似龍韜可憐一片繁華地空見春風長綠蒿

送魯齋先生南歸　張易

衮衮諸公入省闈先生承詔獨南歸道逢時否貧何病老得身閑古亦稀行色一杯燕市酒春風三月故山薇到家已及蠶生日布穀催耕隴麥肥

聞家大參南歸　林景熙

濵死孤臣雪滿顛氷氊齧盡偶生全衣冠萬里風塵老名節千年日月懸清唳秋荒遼海鶴古魂春冷蜀山鵑歸來親舊驚相問禾黍離離夕照邊

挽文丞相　徐世隆

大元不殺文丞相君義臣忠兩得之義似漢皇封齒日忠於蜀將斫頭時乾坤日月華夷見海嶺風霜草木知只恐史官編不盡老夫和淚寫新詩

次范葯莊韻　宋衜

家近西湖六月凉蘭舟桂檝芰荷裳海門潮上波濤壯天竺風來草木黄今日悲秋哦楚些他年著論辯吳亡君才位置聞人説宜待詩仙七寳牀

過鄉縣西方古故居　　劉　因

古金大定間人嘗舉進士不第遂歸獨居一室置琴書其側不妄與人交縣令佐公服候門亦以遜辭謝遣之有田數十畝食其所穫如菽熟惟食菽鄉人好事者欲以米易之不聽曰是天所食者不可易也監察御史按行郡邑按其行上之不報其爲人蓋亦近

於聖學之所謂狷史家之所謂獨行者歟先父每舉以律鄉人之貪鄙者故鄉人至今能道之古死無後其丘壠已爲樵牧區今過其居亦莽焉荆棘中矣不覺感歎夫發潛德而紀先賢實後生之責也顧力未能焉姑題詩以紀先父之訓云

名姓初聞自過庭山田力食老窮經鄉閭月旦歸公論耆宿風流尚典刑感事重吟皃繹集懷賢誰築聘君亭還家游子悲千種念舊思親淚最青

晚眺　　劉因

巖姿濃淡似吾詩雲點青山學鬢絲老樹遺臺秋最早斜陽流水鳥偏遲無人能解此時意如我曾來前古誰本爲登臨解陶寫豈知搖落更堪悲

易臺　劉因

望中孤鳥入消沉雲帶離愁結暮陰萬國河山有燕趙百年風氣尚遼金物華暗與秋光老柸酒不隨人意深無限霜松動巖壑天教搖落助清吟

望易京　劉因

亂山西下鬱岧嶤還我燕南避世謠天作高秋何索

寞雲生故壘白飄蕭誰教神器歸羣盜只見金人泣本朝莫惟風雷有餘怒田疇英烈未全消

海南烏　劉因

越烏羣飛朔漠濱氣機千古見眞純紇千風景今如此故國園林亦暮春精衛有情銜太華杜鵑無血到天津聲聲解墮金銅淚未信吳兒是木人

朝回再次楊司業韻　吳澂

風吹仙樂下瑤臺閶闔中間翠輦來雲擁紅光千丈遠日行黃道九天開百官星拱環金闕萬壽聲廻進

玉盃共覩太平新氣象四方犴獄長春苔

代祀南嶽登祝融峯　趙世延

天風吹我躡雲根一覽羣山蟻垤紛瀛海波翻初日上石壇人語半空聞炎荒作鎮荆吳遠元氣流形天地分何日東書煨芋室孤峯絕頂看浮雲

駕畋栁林隨侍　陳益稷

仙仗平明擁翠華景陽鐘發海東霞千官捧日臨春殿萬騎屯雲動曉沙白鷂韝翻山霧薄黃龍旗拂栁風斜太平氣象民同樂南北梯航共一家

題許仲仁詩卷　　程鉅夫

殘雪詞林退食時小牕開卷鬢如絲音傳正始誰同調氣逼元和稍自持文字不隨前輩盡風流却許後人知霜清日冷梅花瘦獨對爐熏看欲癡

岳陽樓　　梁曾

樓前秋水徤帆開樓上凉風舞袖廻萬里舟航通鳥道四時雲雨護龍堆江山如此不一醉歲月幾何能再來欲問老髯求鐵笛月中吹上紫荆臺

題麻姑壇　　郝天挺

路入雲關仙境佳瓊田瑤草帶烟霞貯經洞古無遺檢養藥爐存失舊砂青鳥不傳金母信紫鸞應返玉皇家巖扉不掩春長在開盡碧桃千樹花

都門春日　李材

綺陌香塵逐玉珂彤樓花暗弄雲和光風已轉瀛洲草細雨微生太液波月榭管絃鳴曙早水亭簾幕受寒多少年易感傷春意喚取青娥對酒歌

禁城秋夕　李材

絳宮星淡海無波九陌猶聞動玉珂閶闔微雲藏夕

漏建章明月桂秋河此身天地流萍遠故國關山落木多欲聽鈞天塵夢隔紫簫吹盡桂婆娑

元日賀裴都事朝廻　李材

海上瓊樓接五城人間歌吹近蓬瀛雲移豹尾旂旌動日射螭頭劒佩明拜舞盡隨仙仗入退歸遥認玉珂鳴欣欣欣百草含春意得傍東君暖處生

壽杜侍御　李材

黄閣老臣踵夔咎法冠蒼佩陪霓旄入龍委虵捲春雨一鶚摶控明秋毫華勲玉冊耀天府雄章銀筆翻

雲濤舉觴獻壽碧桃晩南極正與文星高

和王御史春詩韻　　李　材

鶯啼燕語花漸稀天明海碧涵晴暉洛陽臺榭春色
在山陰衣冠昔人非夢雲何處讌瑶席舞雪誰家裁
紵衣獨有倚闌無限思迢迢煙草暮鴻飛

送省郎楊耀卿使雲南　　李　材

飄颻使節出金閨郭隗臺前暫解携天入五溪無鴈
到地經三峽有猿啼子雲舊里風煙在太尉家聲日
月齊後夜客槎何處望秋河迢遞碧雲低

席上賦老松恠栢圖　李材

仙人解衣盤薄贏造化慘澹秋毫端枝柯千仞入層漢笙簫萬壑鳴驚湍堂中日月不可老壁上雷雨何時乾我來醉卧北窻下夢跨黄鵠天風寒

次韻荅友見贈　安熙

高山流水趣何深萬古千秋一素琴白石青泉成雅志光風霽月負初心伏龍應羨雲生谷獨鶴不驚雅滿林無用埜夫宜揣分商家元自有甘霖

留別都城諸公　李京

蒼龍雙闕欝岧嶤曾侍鵷鸞趁早朝往事已隨塵滚滚
滚虚名贏得鬢蕭蕭長林豐草空相憶瘴雨蠻煙若
見招借問都門門外柳為誰留著最長條

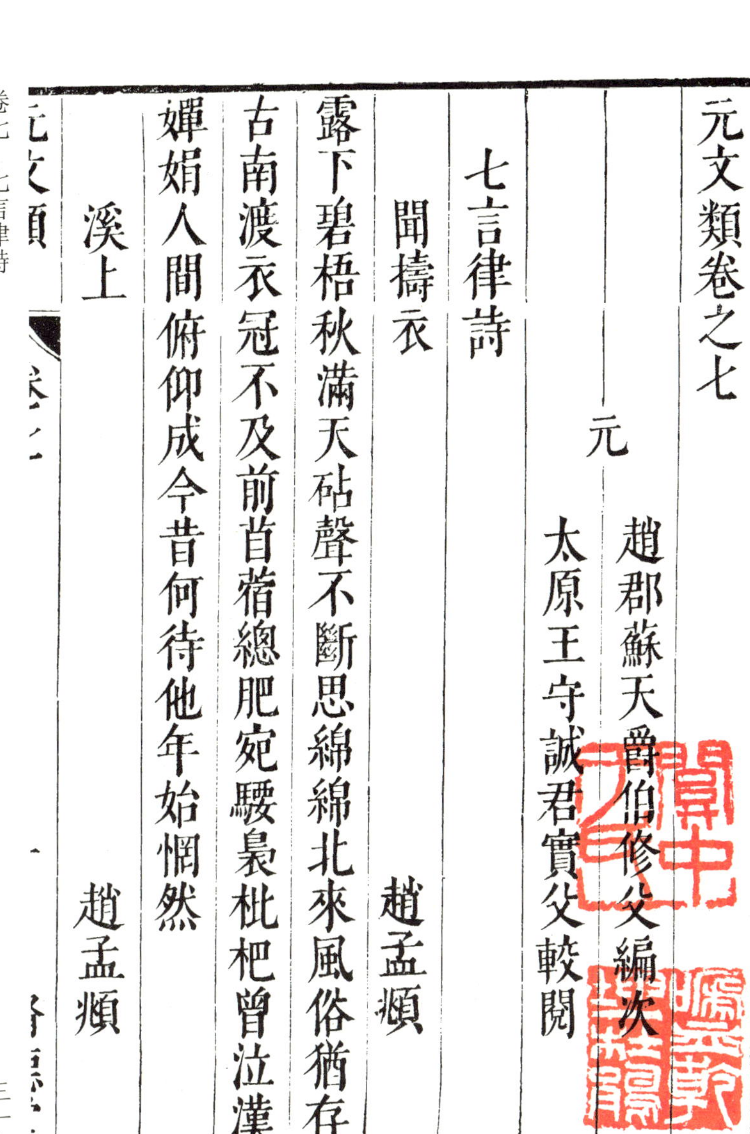

元文類卷之七

元　趙郡蘇天爵伯修父編次

太原王守誠君實父較閲

七言律詩

聞擣衣　趙孟頫

露下碧梧秋滿天砧聲不斷思綿綿北來風俗猶存古南渡衣冠不及前苜蓿總肥宛騕褭枇杷曾泣漢嬋娟人間俯仰成今昔何待他年始惘然

溪上　趙孟頫

溪上東風吹栁花溪頭春水浄無沙白鷗自信無機
事玄鳥猶知有歲華錦纜牙檣非昨夢鳳笙龍管是
誰家令人苦憶東陵子擬問園田學種瓜

道場山　趙孟頫

絶頂清江凌翠煙登臨應費酒如川平生能着幾兩
屐負郭何須二頃田初日出雲光射地雙溪入湖波
接天升高望遠我所愛青壁有路何當緣

蛾眉亭　趙孟頫

天門日湧大江來牛渚風生萬壑哀青眼故人携酒

共兩眉今日爲君開蒼崖直下蛟龍吼白浪横空鵝鸛迴南望青山懷李白沙頭官渡苦相催

多景樓　趙孟頫

層顛官閣幾時修繞檻長江萬古流白露已零秋草緑斜陽雖好暮雲稠平南籌策張華得治内人才葛亮優景物未窮登覽興角聲孤起甕城秋

雨華臺　因至故人劉叔亮墓　趙孟頫

雨華臺上看晴空萬里風煙入望中人物車書南北混江山襟帶古今同昆蟲未蟄霜先賈鳳鳥不鳴江

自東綠髮劉伶緣醉死徃尋荒冢酹西風

過岳王墓　趙孟頫

鄂王墳上草離離秋日荒凉石獸危南渡君臣輕社稷中原父老望旌旗英雄已死何嗟及天下中分遂不支莫向西湖歌此曲水光山色不勝悲

錢唐懷古　趙孟頫

東南都會帝王州三月鶯花非舊游故國金人泣辭漢當年玉馬去朝周湖山靡靡今猶在江水悠悠只自流千古興亡盡如此春風麥秀使人愁

海子即事

趙孟頫

白水青林引興多，紅裙翠黛奈愁何
白水青林引興多紅裙翠黛奈愁何底從暮醉兼朝醉聊復長歌更短歌輕燕受風迎落絮老魚吹浪動新荷餘杭溪上扁舟好何日歸休理釣蓑

弁山佑聖宮次孟君復韻

趙孟頫

意行騎馬到林間晴霧都沉遠近山瓊樹著花春自早翠禽雙語意相關一杯到手先成醉萬事無心觸處閑猶欠抱琴來託宿靜中規寫水潺潺

城南山堂

趙孟頫

手種青松一萬栽草堂留在翠屏隈推窻綠樹排簷入臨水紅桃對鏡開春雉雊迎朝日出暝禽啼傍夕陽來山妻也有幽棲意數日遲留不肯廻

春日言懷　趙孟頫

點點飛花欲送春萋萋芳草政愁人黃蜂釀蜜經營急紫燕銜泥來去頻才似茂陵非晚遇美如曲逆不長貧久知求富都無益但喜論詩若有神

紀舊游　趙孟頫

二月江南鶯亂飛雜花開樹柳依依落紅無數迷歌

扇嫩綠多情妬舞衣金鴨焚香川上瞑畫船撾鼓月
中歸如今寂寞東風裏把酒無言對夕暉

東陽八景樓　趙孟頫

山城秋色静朝暉極目登臨未擬歸羽士曾聞遼鶴
語征人又見塞鴻飛西流二水玻瓈合南去千峰紫
翠圍如此山川良不惡休文何事不勝衣

贈周景遠田師孟　趙孟頫

與子同客帝王州一日不見如三秋風高氣肅鴈聲
急天晴日暖蛛絲游籬下黄花為誰好水邊紅樹令

人愁世間萬事可撥遣日日痛飲醉即休

金陵懷古　趙孟頫

銅雀春深漢苑空邯鄲月冷照秦宮煙花樓閣西風裏錦綉湖山落照中河水南來非禹迹冀方北去有唐風溪城秋色催遲暮愁對黃雲没斷鴻

和周待制朝廻詩韻　袁桷

雉尾高張擁玉皇彤庭金榜粲明光舞階飛絮呈滕六執鋭傳臚轉阿香珠帽簫聲雙窈窕翠旌雲影互方洋侍臣誰近前階立顒紀堯年化日長

蛾眉班肅整皇皇恰匝松陰漏午光舞翻當軒催進
酒表函登陛促傳香六龍捧御雲中目三象輪琛贐
外洋欲識兩宮清淨理薰風殿角漏初長

無題次伯庸韻　袁桷

金縷歌殘月滿江玉顔曾憶侍油幢象床雲重恩專
一鯨錦波翻賜疊雙春淺政宜氈作幕夜涼深恨鮠
爲窗浣紗可是無虛匹側足寒溪濺石淙
翠簾匝匝護朱光千葉宮桃滿院香閬苑有鸞通尺
素虛橋無鵲寄流黄上林賦罷歸巴蜀輿慶詞工謫

夜郎不是月中親度曲世人那解聽霓裳

相期來似石城潮日望晴虹結綵橋却月眉愁歌漸遠淩波步近意非遥抽琴有恨廻清角疊袖無塵轉綠腰弄玉最憐隨鳳去秋來誰與伴吹簫

白髮詞臣兩耳垂華腴堆笏陋牛毉宫娥引燭催麻日院吏傳更寫制時蠟撚化生秋夕賜翠標疊勝歲華移低頭欲説唐朝舊願侍虚皇進玉巵

奉題延祐宸翰　鄧文原

欽惟仁宗上承祖武蒐羅俊彦求治靡寧尤尊禮儒

臣務敦風化由是治書侍御史臣郭貫擢禮部尚書凡在選者六人惟貫進秩有加親灑宸翰昭示龍光忝備臣僚咸增鼓舞集賢直學士臣鄧文原謹拜手稽首而作詩曰

宵旰需賢表薦紳秩宗首選贊華勛官聯天府璇璣象帝闈河圖琬琰文曾聽簫韶瞻曉日仰攀弓劒泣秋雲小臣作頌稱仁聖湛露承恩未足云

題小薛王畫鹿　鄧文原

禮樂河間雅好儒曾陪校獵奉鑾輿晝長靈囿觀遊

後政暇嘉賓燕集餘蛺蝶圖工人去久騶虞詩好化行初宗藩翰墨留珎賞憑仗相如賦子虛

陪高彥敬游南山　鄧文原

不到南山又二年離離秋草映寒泉東林蕭散開蓮社西晉風流棹酒船古寺雲烟終日合長松風雨半空懸謝公未了登臨興故向禪房借榻眠

郎中蘇公哀挽志道　鄧文原

塞垣重鎮雪雲堆畫諾人稱幙府才流馬道艱逢歲儉涸魚民困得春回陽關猶記歌三疊杜老俄成賦

八哀夜靜燕臺山月冷秖疑化鶴一歸來

司業禮公哀輓 元禮　貢奎

山立庭紳縱衆觀名高真不愧儒冠文章淸廟藏琛玉勲業烏堂鎮羽翰譽重朝端知有子貧憐身後似無官百年耆舊彫零盡展卷哀辭忍淚看

内翰哀挽 惲　張養浩

束髮躭經晚益勤平生精力盡斯文先朝十老今餘幾當代三王獨數君李賀屢煩韓愈駕羊曇空阻謝安墳玉堂寥索人何在落日淇川滿白雲

送袁待制扈從上京　虞　集

日色蒼涼映赭袍時巡無乃聖躬勞天連閣道晨留輦星散周廬夜屬櫜白馬錦韉來窈窕紫駝銀甕出蒲萄從官車騎多如雨獨有揚雄賦最高

朝廻和周待制韻　虞　集

三十六竿吹鳳皇九重春色絢天光輕雲微動旌旗爕湛露初晞草木香貝葉神師東度領金輿馴象北浮洋小臣職在歌功德拜手陳詩對日長

送朱生南歸　虞　集

喜子南歸盱水上經過爲我問臨川幾家橋柚霜垂
屋何處蒹葭月滿船應有交游憐遠道試從父老說
豐年寒機早晚成春服一一平安報日邊

題南野亭　虞集

門外烟塵接帝局坐中春色自幽亭雲横北極知天
近日轉東華覺地靈前澗魚游留客釣上林鶯囀把
杯聽莫誇韋曲花無賴獨擅終南雨後青

歸蜀　虞集

我到成都住五日駟馬橋下春水生過江相送荷主

意還鄉不留非我情鸕鷀輕筏下溪足鸂鶒小窻呼客名賴得郫筒酒易醉夜深衝雨漢州城

自仁壽廻成都　虞集

還鄉思速去鄉遲王事相縻敢後期里父留看題壁字山僧打送拾囬碑胡桃笻竹南方要盧橘枇杷上國知此日君親俱在望徘徊三顧欲何之

謝周南翁　虞集

使過池陽聞上日好懷浩蕩爲君開江于維楫車馬集亭上持盃風雨來通夜魚龍聽語竟明年鴛鷺憶

朝廻九華秋色翠可食爲問謫仙安在哉

送李通甫赴湖南行省都事　虞集

黄鶴樓前江水春江花飛接渡江人日長青瑣文書簡雨過滄州杜若新應共庾公揮扇坐每尋崔顥賦詩頻三公舊掾多爲相行見廻車載繡茵

御溝詩次宋顯夫韻　虞集

御溝雪融三月初晃鷺鴻鴈總來居蒲桃水緑可爲酒楊柳條青堪貫魚逶迤天河起箕尾滉漾雲海浮青徐舟前花落傍飛燕隄上風來濕舞裾翠輦時留

金殿宣衣錦波不着玉芙蕖臨流宋玉偏能賦莫待東都客問予

試院書事　　馬祖常

棘圍粉署隔重墻技藝分官屬正郎五夜風簾燒蠟燭九天氷樹剟龍香周旋接武尚書履供帳留茵御史床臚唱閣門春色曙侍臣應奏慶雲章

題光山縣孔宰幽風亭　　馬祖常

光山近在故山西樹滿岡頭稻滿畦隣屋讀書相教授社祠醉酒共提携水牛礪角嫌畊少野蠒抽絲喜

價低春雨行田無從吏獨騎齋馬畏青泥

送宋顯夫南歸　　馬祖常

琵琶溝北識君初藉甚才華二十餘欲賦兎園千孝邸不因狗監進相如瀟湘路熟逢知己韋杜天低望故居携幼歸來拜丘壟南游莫戀武昌魚

駕發　　馬祖常

蒼龍對闕夾天閽秋駕淩晨出國門十萬貔貅騎驂裹一雙日月繡旗旛講蒐獮較黃羊圈錫宴恩沾白獸尊赫矣漢家人物盛馬卿有賦在文園

送袁德平歸越　　王士熙

平湖如鏡靜秋波禹穴西風捲碧蘿狂客有船都載酒道人無字不籠鵝床頭舊笏青雲近窻下殘編白雪多燕市塵深拂衣去海門何處問漁蓑

送王在中代祀秦蜀山川　　王士熙

太華雲連蜀棧低椰花三月紫騮嘶香浮曉露金匳濕旛拂春烟絳節齊策牘當年登桂苑詞林後夜趣芝泥長安遊客應無數誰共王襃頌碧雞

題郭忠恕九成宫圖　　王士熙

鐵馬歸來定太平九成宫殿暑風清龍蟠古洞長藏雨鳯入層臺自度笙畫棟塵空巢燕去蒼崖雲掩路碑横秦川忽向丹青見魂夢依稀識化城

驪山宫圖　王士熙

翠領含烟曉仗催五家車騎入朝來千峯雲散歌樓合十月霜晴浴殿開烽火空臺留草樹荔支長路認塵埃月中人去青山在始信昆明有刼灰

題鮮于伯幾與仇廉訪帖　王士熙

三生文采趙公子四海聲名仇使君彈琴不作廣陵

散焚香遥駐博山雲玉署春來鷺漫語繡衣人去鴈
空聞龍蛇兩紙光如玉卽是安西與右軍其帖之語曰趙公子
明日欲過寒舍看書畫廉訪相公能一來焚香彈琴
亦佳趙公子子昂也後亦有跋帖廉訪字彥中令其
子公哲御史
寶藏此帖

寄上都分省僚友　王士熙

天上風清暑盡消尚方仙隊按雲韶白鵝海水生鷹
獵紅藥山岡詐馬朝涼入賜衣飄細葛醉題歌扇濕
輕綃河堤楊柳休傷別八月星槎到鵲橋
畫省薰風松樹陰合歡花下日沉沉腐儒無補漫獨

坐故人不來勞寸心紫極三台光景接洪鈞萬象歲年深灤江回首九天上誰傍香爐聽舜琴

題節婦　王士熙

寒窗機杼泣秋風鏡影鉛雲不汝同明月有光生夜白貞松無夢妬春紅羅襦舊繡天吳拆綠綺離弦海鶴空陌上行人指華表閉門踈雨落梧桐

上京次伯庸學士韻　王士熙

侍臣催講御階西雲靜觚稜曉色低天闕神州甲兩漢地連碣石轉三齊含香晝永閒青瑣視草堂幽濕

紫泥最憶東山老松樹秋風應有鶴來栖

大都雜詩　宋本

抛却漁竿滄海邊拂衣來看九重天畫闌九陌橋如
月綠影千門樹似烟南國佳人王幼玉中朝才子杜
樊川紫雲樓上如澠酒孤負春風二十年

繡錯繁華徧九衢上林辭賦漢西都朱門細婢金條
脫紫禁材官玉鹿盧萬里星辰開上界四朝冠蓋翊
皇圖東鄰白面生紈綺笑殺揚雄卧一區

瀘溝曉月墮蒼烟十一門開日色鮮海上神山無弱

水人間平地有鈞天寶幢珠珞瞿曇寺豪竹哀絲塴琱筵春雨如膏三萬里盡將嵩呼祝堯年

形勢全燕擁地靈梯航萬國走王城狗屠已仕明天子牛相寧知別太平玄武鈎陳騰王氣白麟赤鴈入新聲近來朝報多如雨不見河南召賈生

姑蘇臺　劉致

麋鹿應知易代頻吳趨誰唱不堪聞捧心臺暗梨花月抉目門深薜荔雲江閟水犀歐治劒氣騰金虎闔廬墳計然已死鴟夷逝寂寞五湖西日曛

綿竹縣治　楊静

通衢砌石蘚生鱗三兩人家屋宇新嚴子有祠存故里魏公無第與比隣傳訛共説千年樹問話邪逢百歳人回首向來佳麗地暮雲斜日紫巖春

燕中懷古　李源道

荆卿墓上草離離郭隗臺邊對落暉戰國山川秋氣壯中原豪傑曉星稀乾坤納納無人識南北年年有鴈飛説似瀘溝橋畔柳安排青眼送將歸

宗陽宮翫月　楊載

老君臺上涼如水坐看氷輪轉二更大地山河微有影九天風露寂無聲蛟龍並起承金牓鸞鳳雙飛載玉笙不信弱流三萬里此身今夕到蓬瀛

擬去京師　楊載

囊衣槖載道傍車人事匆匆歲欲徂風雨五更雞亂呌江湖千里鴈相呼蕪菁散漫根猶美桑柘蕭條葉正枯却上高丘重回首五雲繚繞帝王都

貢袁諸公修史　楊載

詔編國史有程期正是諸郎儤直時虎士守門宮窈

宼雞人傳箭漏遲遲窻閒夜雨銷銀燭城上春雲壓綵旗才大各稱天下士書成當繼古人爲

宿李陵臺　周應極

曠野平蕪入壯懷征鞍小駐李陵臺關河萬里秋風晩霜月一天鴻鴈來持節蘇卿眞壯士開邊漢武亦奇才千年懷古無窮意且向郵亭酹酒盃

睢陽懷古　李鳳

睢陽城郭刼灰餘風景蕭條市井踈堤接汴梁分驛路地連齊魯幾兵車張巡戰壘沙沉戟闕伯提封草

滿墟珍重開元遺寺在石幢猶刻魯公書

周氏慈雲庵　　揭傒斯

韓阿松栢野烟飛丞相文章入鳳池華屋青山春掩冉浮雲流水暮逶迤哺烏時拂巖花落馴鹿長環宰樹悲唯有慈孫禁垣裏年年南望不勝思

元文類卷之八

元

趙郡蘇天爵伯修父編次

太原王守誠君實父校訂

五言絶句

錄汴梁宮人語　楊奐

一入深宮裏經今十五年長因批帖子呼到御床前

其二

歲歲逢元夜金蛾鬧簇巾見人心自怯終是女兒身

其三

殿前輪直罷偷去賭金釵怕見黄昏月殷勤上玉階

其四

翠翹珠掘背小殿夜藏鈎蓦地羊車至低頭笑不休

其五

内府頒金帛教酬賀節盤兩宫新有旨先與問孤寒

其六

人間多棗栗不到九重天長被黄衫吏花攤月賜錢

其七

仁聖生辰節君王進玉卮壽棚兼壽表留待北還時

其八

邊奏行臺急東華夜啓封内人催步輦不候景陽鍾

其九

畫燭雙雙引珠簾一一開輦前齊下拜歡飲辟寒盃

其十

聖躬春閤内只道下朝遲扶仗嬌無力紅綃貼玉肌

其十一

今日天顔喜東朝内宴開外邊農事動詔遣教坊回

其十二

駕前雙白鶴日日候朝囘自送鑾輿去經年更不來

其十三

陡覺文書靜相將立夕陽傷心寧福位無復夜薰香

其十四

二后雎陽去潛身泣到明却囘誰敢問挍事有心情

其十五

爲道圍城久粧奩鬪犒軍入春渾斷絶飢苦不堪聞

其十六

監國推梁邸初頭靜不知但疑墻外笑人有看宫時

其十七

別殿弓刀響倉黄接鄭王尚愁宫正怒含淚强添粧

其十八

一向傳宣喚誰知不復還來時舊針線記得在窻間

其十九

北去遷沙漠誠心畏從行不如當日死頭白若爲生

酬昭君怨　　楊奐

玉貌辭金闕貂裘擁繡鞍將軍休出戰塞上雪偏寒

春日

游絲困無力欲起重悠揚芳草落花滿相思春晝長

石鼎聯句圖　　劉　因

玩世如一鼎姓名誰得聞仙翁應自笑知我有鄒訢

螻蛄　　劉　因

後利前還灕陰陽體段分不須觀兎尾卽此見羲文

薔薇　　劉　因

色染女眞黄露凝天水碧花間日月長朝暮閲兩國

采薇圖　　盧　摯

服藥求長年孰與孤竹子一食西山薇萬古猶不死

題張尹書巢　　吳　澂

食息不離書令尹非蠹魚騰身出巢外編簡不如吾

又

醯雞瓮裏天露蟬殼外身此巢何處着六合一微塵

題江州庾樓　　賀復孫

宿鳥歸天盡浮雲薄暮開淮山青數點不肯過江來

錢選宮人圖　　安　熙

露冷月華白悠悠方寸心夫君渺何許悵望碧雲深

市莊　　王　結

市莊主人踏門徵詩短歌六章用塞雅命其卒章之亂聊示莞爾之誰云躬畊之暇擊壤緩歌抱膝微吟亦足以超然於天壤間也

其一

烏府振弘規鳳閣司婉畫退食休別墅逍遥古樂國

其二

沃若成都桑爛班青門瓜隱顯亮殊途高致惟一家

其三

晨鍾趨朝班日旰遊市莊兩兒帶經鋤奕世流芬芳

其四

若人孔氏徒臺閣揚清風休日植杖耘高揖荷蓧翁

其五

城居匪湫隘桑果連畛畦吾廬有高興何必空山棲

其六

老我縛塵纓山林渺遐想羡君市有莊取魚兼熊掌

節婦黄氏　馬祖常

白日松臺閟青山石椁沉十年哭夫淚下入九泉深

過李陵臺　馬祖常

蹕林聞野祭漢室議門誅辛苦樓蘭將凄凉太史書

七言絶句

讀汝南遺事　楊奐

執道牽羊事已非更堪行酒著青衣裹頭婢子那知此爭逐君王烈焰歸

六朝江水故依然隔斷中原又百年長笑桓溫無遠略竟留王猛佐符堅

明皇擊梧圖　李俊民

不使梨園弟子知太平音在鳳凰枝一朝野鹿啣花

去長恨秋風葉落時

過陳司諫墓　　劉祁

鸞波烏府舊遊空三尺孤墳野寺中猶有憂時心不
死墓門昨夜起秋風

瀟湘夜雨　　李治

遠寺孤舟墮渺茫雨聲一夜滿瀟湘黃陵渡口風波
暗多少征人說故鄉

墨海棠　　李治

漢宮愁絶冷臙菝一醮劉郎兩鬢絲甲帳夜寒銀燭

短六銖雲帔獨來時

征南口號　杜瑛

春早雲南麥已黃瀘江烝霧水如湯馬蹄半帶陰山雪變作人天六月凉

春日雜詠　徒單公履

東風簾幕半塵埃歌舞臺空晝不開試問雙飛新燕子今年社日爲誰來

登北邙山　楊果

干戈叢裏過壬辰原上纍纍冢墓新寒食清明幾家

哭問來都是陣亡人

魏家池館姚家宅佳卉而今採作薪水北水南二二月舊時多少看花人

村居　楊果

草堂有燕賀新成沙渚無鷗續舊盟滿徑落紅風掃靜一渠春碧雨添平

春波淡淡捲寒漪長日蕭蕭靜竹扉村舍蠶催桑葉大山田鹿食麥苗稀

峴山秋晚圖　楊果

江水江花遶大堤太平歌舞習家池而今風景那堪
畫落日空城鳥雀悲

太眞教鸚鵡圖　　馮謂

温泉賜浴意融怡猶念寧王玉笛吹却怕能言泄幽
事丁寧愼勿語人知

覃懷春日　　趙復

江南江北半浮生蹤跡居然水上萍竹雞啼罷山雨
黑蠶子生時桑柘青

春晴　　劉辰翁

江柳長天草色齊新晴何物不芳菲無因化作千胡
蝶西蜀東吳欵欵歸
新燕池塘綠雨肥初晴未暖日光微角巾猶帶花梢
濕纔倚闌干見絮飛

春浦帆歸圖　孟攀鱗

涵空水色碧於苔照眼山光翠作堆疑是桃花源上
客輕舟天外得春來

杭州聞角　梁棟

聽徹哀吟獨倚樓碧天無際思悠悠誰知盡是中原

恨吹到江南第一州

有懷　劉秉忠

雨過幽庭長綠苔東風時爲掃塵埃無人曾見春來處門外桃花只自開

風雨圖　許衡

南山已見霧昏昏便合潛身不出門直到半途風雨橫倉惶何處覓前村

風雨廻舟　張孔孫

風雨來時撥掉廻濟川心事有誰知停舟且做江湖

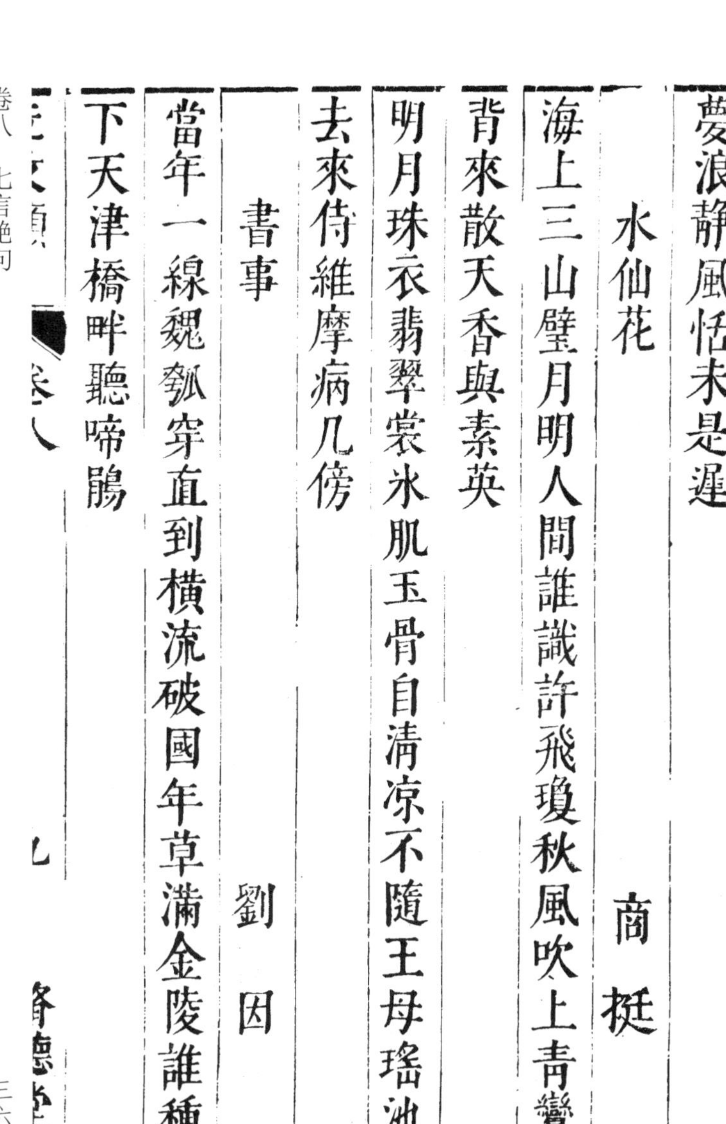

蔓浪靜風恬未是遲

水仙花　商挺

海上三山璧月明人間誰識許飛瓊秋風吹上青鸞背來散天香與素英

明月珠衣翡翠裳氷肌玉骨自清涼不隨王母瑤池去來侍維摩病几傍

書事　劉因

當年一線魏瓠穿直到橫流破國年草滿金陵誰種下天津橋畔聽啼鵑

卧榻而今又屬誰江南回首見旌旗路上遥指降王道好似周家七歲兒

朱張遺學有經綸不是清談誤世人白首歸來會同館儒冠争看宋師臣

風節南朝若不伸泝流直要到崑崙世宗一死千年欠此是黄河最上源

唱徹芙蓉花正開新聲又聽采茶哀秋風葉落踏歌起已覺江南席卷來

山寺早起　劉因

松窗一夜遠潮生，斷送幽人睡失明。夢覺不知春已去，半簾紅雨落無聲。

讀史評　劉因

紀錄紛紛已失眞，語言輕重在詞臣。若將字字論心術，恐有無邊受屈人。

山行　劉因

西崦人間竹暎溪，山深雨暗到來遲。行窮谷口水才見，流盡巖花春不知。

山家　劉因

馬蹄踏水亂明霞醉袖迎風受落花怪見溪童出門
望鵲聲先我到山家

寫真詩卷　劉因

龍祠嶽廟盡冠巾雨露何關上木身不是一程窮物
理誰從一髮辨天真

己巳春往均州　宋衜

武當却立翠屏新碧玉溶溶漢水奔如畫江山千古
在城闉幾度戰塵昏

觀出獵　宋衜

金鈚染血犬銜毛倒臂蒼鷹掣錦絛紅日下山秋塞濶齊歌野樂陣雲高

平原馬首鴈行齊狡兎深藏鳥不飛環立傳觴人半醉斜欹貂帽雪中歸

壽陽梅粧圖 錢選畫　王思廉

一聲白鴈渡江潮便覺金陵王氣銷畫史不知亡國恨猶將鉛粉記前朝

昭君出塞圖　王思廉

黃沙堆雪暗龍庭馬上琵琶掩淚聽漢室御戎無上

策錯教紅粉怨丹青

汾亭古意圖　張礎

漢家宮闕白雲秋魏國川原過鴈愁萬古松風一茅舍不隨華屋變山丘

關山風雨圖　張礎

山氣凝寒雨不開江濤拍岸雪成堆漁翁慣識風波惡天際孤舟已早廻

絶句四首　趙孟頫

春寒惻惻掩重門金鴨香殘火向温燕子不來花又

落一庭風雨自黄昏

湘簾細織浪紋稀白苧新裁暑氣微庭院日長賓客
退滿池芳草燕交飛

搖落山川草樹稀白雲時逐鴈南飛苦無綠酒酬佳
日猶有黄花媚夕暉

梅花半落雪飄零楊栁青青江水生一夜東風吹鴈
過江南江北總多情

錢選畫花　陳嚴

雲翁夙號老詞客亂後却工花寫生寓意豈求顔色

似錢塘風物記昇平

題道院　高克恭

綠陰無際壓蒼苔爲愛幽深手自栽風月早知煩耳目不教春筍過墻來

草色琅玕遍雨楹蚕陰才過午陰清斜陽又送西軒影一就移床待月生

無錫山中留題　高克恭

山深自昔無車馬道在何曾畏虎狼秖恐閑人來看竹淋漓醉墨汚新墻

即事　高克恭

古木陰中生白烟，忽從石上見流泉。閒隨屈曲尋源去，直到人家竹塢邊。

過弋陽　高克恭

雷聲驅雨過山西，山腹雲根似削齊。日暮牧兒歸不得，料應白水漲前溪。

過信州　高克恭

二千里地佳山水，無數海棠官道傍。風送落紅攙馬過，春光更比路人忙。

過京口　高克恭

北來朋友不如鴻幾個西飛幾個東多少登臨舊臺
觀闌干閑在夕陽中

寄王總管　李昶

華陽東下古梁州五馬旌旗擁上游腸斷寒江衣帶
水令人空望鎮南樓

過故縣垻　李昶

憲宗皇帝射臺高氣壓蠻江萬丈濤玉輦不歸巖樹
冷白雲何處醉蟠桃

杏花始開小酌　　安　熙

生紅和露滴胭脂又到芳春寂寞時便擬提壺花下醉却愁羞殺背陰枝

杖藜吟遶去還來收拾春光入酒盃自是風花要題品等閑蜂蝶莫相猜

和郭安道治書韻　　周　馳

西風吹起白頭波半夜扁舟掠岸過不向長橋酤一醉滿天明月柰秋何

君醉淋漓我浩歌古人爲恨復如何秋來幾日渾無

賴已有新霜着芰荷

江間小艇數能乘活計令如船子僧近喜老妻能斫膾欲令稚子學扳罾

久客思歸歸未能題書附與遠遊僧吳松江上鱸魚美何處人家不下罾

遼陽高節婦　王結

天東長白近蓬瀛縹緲仙人玉雪淸鳳去紫蕭聲已絶青鸞獨跨上瑤京

秋懷　曹元用

沙磧秋高宛馬肥哀笳一曲塞雲飛南都兒輩應相念過盡征鴻猶未歸

贈李祕監至治間曾畫御容　張養浩

封章曾拜殿庭間凜凜丰儀肅九關回首橋山淚成血逢君不忍問龍顔

青山白雲圖　虞集

獨向山中訪隱君行窮千澗水沄沄仙家更在空青外只許人間禮白雲

水芙蓉　虞集

長州宮沼醉西施蕩漾蘭舟不自持願奉君王千歲
樂一盤清露玉淋漓

木芙蓉　　虞集

九月襄王燕渚宮霓旌翠羽度雲中滿汀山雨衣裳
濕宋玉愁多賦未工

春雲　　虞集

春雲冉冉度宮城樓雪初融水半生行過御溝久
立舉頭枝上有啼鶯
雨裹輕塵道半乾朝廻處借花看墻東半樹垂楊

柳飛絮時來近馬鞍

聽雨　　虞集

屏風圍暖鬢毿毿絳蠟搖光照暮酣京國多年情盡改忽聽春雨憶江南

何處它年寄此生山中江上總關情無端繞屋長松樹盡把風聲作雨聲

庚午廷試次韻　　虞集

待漏宮門聽鑰開袖中進卷總賢才奏名殿裏千花合傳敕階前好雨來

千花覆檻梛垂絲畫刻傳呼淑景移聖主自觀新進策侍臣簪筆立多時

曹將軍馬　虞集

高秋風起玉關西踣鐵歸朝十萬蹄貌得當時第一疋昭陵風雨夜聞嘶

寄家書　馬祖常

春雲閣雨花泥少池上波平飛白鳥薊中河外盡天涯蓮葉圓時身到家

題梛道傳詩卷　馬祖常

九曲珠穿蟻度絲雙環鏡透月輪虧人間自有鴛鴦侶早奏簫韶見鳳儀

宮詞　　馬祖常

華清水殿繡芙蓉金鴨香銷寶帳重竹葉羊車來別院何人空聽景陽鍾

銀床井冷露溥溥半臂薰衣釧辟寒不恨長門冬夜永小奴休報韈羅單

長門月轉漏聲催自熨寒衣減帶圍休怕官家嫌體弱細腰曾是楚王妃

合宮舟泛濯龍池端午爭懸百絲絲新賜承恩脂粉
磑上陽不敢妬蛾眉
蘭舘繅絲濕翠翹夫人纖指織龍綃羅襦雙珮清晨
響只恐君王有晏朝
八姨粉翠錫千緡脂盥新粧百寳匀白髮上陽宮女
老補衣重拆繡麒麟
卯酒微微解宿醒催花羯鼓報新聲君王好錫承恩
宴辛苦邊頭百將營
露蘭研粉壽陽粧奩内新燒百刻香圓舌教成鸚鵡

語偷將玉笛送寧王

銀河七夕渡雙星桐樹逢秋葉未零萬歲君王當宁坐妾身不顧命如萍

花氣烝霞淑景明望仙樓上看彈鸜李暮吹笛宮墻外學得黎園第一聲

孟光舉案圖　　王執謙

白髮梁鴻與世乖賴逢光也配其才五噫歌罷能愁無奈不覺春從案上來

題甄氏訪山亭　　陳觀

水流花落石生雲日靜風喧草欲薰老去風流猶未
滅一丘一壑要平分

雨後西山翡翠堆結亭直欲近巖隈從今記取溪頭
路一日須來一百廻

清明日遊太傅林亭　辛文房

隔水園林丞相宅路人猶記種花時可憐總被風吹
盡不許遊人折一枝

玉簪　張淳

開軒俯瞰碧雲衢白筆含香半吐鬚帶露折來何處

可膽𦨭秋水澹如無

過郝參政墓

鮑仲華

茂林喬梓上干雲，葉葉曾沾雨露恩。萬古西山青不斷，鳥啼花落幾黄昏。

元文類卷第八終

元文類卷第九

元　趙郡蘇天爵伯脩父編次
太原王守誠君實父挍訂

詔赦

即位詔　庚申年四月　王鶚

朕惟祖宗肇造區宇奄有四方武功迭興文治多闕五十餘年於此矣蓋時有先後事有緩急天下大業非一聖一朝所能兼備也先皇帝即位之初風飛雷厲將大有為憂國愛民之心雖切於已尊賢使能之

道未得其人方董夔門之師遽遺鼎湖之泣豈期餘恨竟弗克終肆予冲人渡江之後蓋將深入焉乃聞國中重以僉軍之擾黎庶驚駭若不能一朝居者予爲此懼馹騎馳歸目前之急雖紓境外之兵未戢乃會羣議以集良規不意宗盟輒先推戴左右萬里名王巨僚不召而來者有之不謀而同者皆是咸謂國家之大統不可久曠神人之重寄不可暫虛求之今日太祖嫡孫中先皇母弟之列以賢以長止予一人雖在征伐之間每存仁愛之念博施濟衆實可爲天

下主天道助順人謨與能祖訓傳國大典於是予在
執敢不從朕峻辭固讓至于再三祈懇益堅誓以死
請於是俯循輿情勉登大寶自惟寡昧屬時多艱若
涉淵冰罔知攸濟爰當臨御之始宜新弘遠之規祖
述變通正在今日務施實德不尚虛文雖承平未易
遽臻而饑渴所當先務略舉其切時便民者條列於
后嗚呼歷數攸歸欽應上天之命勲親斯託敢忘烈
祖之規建極體元與民更始朕所不逮更賴我遠近
宗族中外文武同心協力獻可替否之助也誕告多

方體予至意

中統建元詔

王鶚

祖宗以神武定四方淳德御羣下朝廷草創未遑潤色之文政事變通漸有綱維之目朕獲纘舊服載擴丕圖稽列聖之洪規講前代之定制建元表歲示人君萬世之傳紀時書王見天下一家之義法春秋之正始體大易之乾元炳煥皇猷權輿治道可自庚申年五月十九日建號爲中統元年惟即位體元之始必立經陳紀爲先故内立都省以總權綱外設總司

以平庶政仍以興利除害之事補偏捄弊之方隨詔以頒卑晝于后於戲秉籙握樞必因時而建號施仁發政期與物以更新敷宣懇惻之辭表著憂勞之意凡在臣庶體予至懷

中統元年五月赦　　王鶚

我國家烈祖肇基先皇繼統惟圖日闢於疆宇未免歲耀於兵威事有當爲時難遽已朕獲承丕祚已降德音念士卒暴露者久之而人民離散者多矣干戈載戢田里俾安不期同氣之中俄有鬩墻之侮顧其

沖幼敢啓茲謀皆被姦讒相濟以惡彼既階於禍亂此當應以師徒朕惟父母兄弟之親宗廟社稷之重遣使敦諭至于再三亂紀執迷曾無少革以致宗族共怒戈甲乃興重念兵方弭而復徵民甫休而再擾危疑未釋反側不安詿誤者至及於無辜拘囚者或生於不測非朕本意盡然傷心宜推曠蕩之恩普示哀矜之意於戲悛心或啓忍加管蔡之刑內難既平丕續成康之治

賜高麗國王曆日詔 中統五年正月　王鶚

諭高麗國王植獻歲發春式遘三陽之會對時育物宜同一視之仁睠爾外邦忠於內附肇因正旦庸展賀儀方使介之還歸須簽書之播告今賜卿中統五年曆日一道卿其若稽古典敬授民時勸彼東嵎之氓勤於南畝之事茂迎和氣迄用康年時乃之休惟朕以懌

至元改元赦（中統五年八月）

王鶚

應天者惟以至誠拯民者莫如實惠朕以菲德獲承慶基內難未戡外兵復戢夫豈一日于今五年賴天

地之界矜暨祖宗之垂裕凡我同氣會于上都雖此日之小康敢朕心之少肆比者星芒示儆雨澤愆常皆闕政之所繇顧斯民其何罪宜布惟新之令溥施在宥之仁於戲否往泰來迓續亨嘉之會鼎新革故正資輔弼之良

建國號詔 至元八年十一月　徒單公履

誕膺景命奄四海以宅尊必有美名紹百王而紀統肇從隆古匪獨我家且唐之爲言蕩也堯以之而著稱虞之爲言樂也舜因之而作號馴至禹興而湯造

互名夏大以殷中世降以還事殊非古雖乘時而有
國不以義而制稱爲秦爲漢者蓋從初起之地名曰
隋曰唐者又即始封之爵邑是皆徇百姓見聞之狃
習要一時經制之權宜槩以至公得無少貶我太祖
聖武皇帝握乾符而起朔土以神武而膺帝圖四振
天聲大恢土宇輿圖之廣歷古所無頃者耆宿詣庭
奏章伸請謂既成於大業宜早定於鴻名在古制以
當然於朕心乎何有可建國號曰大元蓋取易經乾
元之義茲大治流形於庶品孰名資始之功予一人

底寧於萬邦尤切體仁之要事從因革道協天人於戲稱義而名故匪為之溢美孚休惟永尚不負於投艱嘉與敷天共隆大號

頒授時曆詔 至元十七年六月

李謙

自古有國牧民之君必以欽天授時為立治之本黃帝堯舜以至三代莫不皆然為日官者皆世守其業隨時考驗以與天合故曆法無數更之弊及秦滅先聖之術每置閏於歲終古法蓋殫廢矣由兩漢而下立積年日法以為推步之准因仍沿襲以迄于今夫

天運流行不息而欲以一定之法拘之未有久而不差之理差而必改其勢有不得不然者今命太史院作靈臺制儀象日測月驗以考其度數之真積年日法皆所不取庶幾脗合天運而永終無弊乃者新曆告成賜名曰授時曆自至元十八年正月一日頒行布告遐邇咸使聞知

清冗職詔 至元二十三年七月 李謙

惟我祖宗肇造區夏雖中書已嘗建立而官制未暇舉行迨予圖大以宅中思欲繼志而述事集儒臣之

公議法前代之彛章爰立省部院臺以正朝廷綱紀自疆土極照臨之遠而省臺有内外之分日益月增官冗人濫嘗勑有司而澄汰意能舊制之遵承比聞近侍之言謂盖曩時之弊彼不勝重任有壅上聞苟尚蹈匪彛時惟予咎其清冗職用復前規於戲官不必備惟其人朕恪守已成之憲爾尚克勤于乃事卿永肩圖報之心

加封五嶽四瀆四海詔至元二十八年二月　閻　復

朕惟名山大川國之秩祀今嶽瀆四海皆在封宇之

内民物阜康時惟神休而封號未加無以昭答靈貺可加上東嶽爲天齊大生仁聖帝南嶽司天大化昭聖帝西嶽金天大利順聖帝北嶽安天大貞玄聖帝中嶽中天大寧崇聖帝加封江瀆爲廣源順濟王河瀆靈源弘濟王淮瀆長源溥濟王濟瀆清源善濟王東海爲廣德靈會王南海廣利靈孚王西海廣潤靈通王北海廣澤靈祐王仍各遣官詣祠致告以稱朕敬恭神明之意

興師征江南諭行省官軍詔　王構

爰自太祖皇帝以來彼宋與我使介交通殆非一次彼此曲直之事亦所共知不必歷舉迨我憲宗之世朕以藩職奉命南伐師次鄂渚彼賈似道遣宋京請我近臣博都歡前河南路經略使趙壁請罷兵息民願奉歲幣于我朕以國之大事宗親在上必須入計用報而還即位之始追憶是言乃命翰林侍講學士郝經等奉書往聘蓋爲生靈之計也古者兵交使在其間惟和與戰宜嗣報音其何與於使哉而乃執之卒不復命至如留此一二行李於此何損於彼何益

以致師出連年邊境之間死傷相籍係累相屬皆彼宋自禍其民也襄陽被圍五年旅拒王師義當不貸朕先有成命果能出降許以不死是既降附之後朕不食言悉全其命冀宋悔過或啓令圖而乃迷執罔有悛心所以問罪之師有不能已者今遣爾等水陸並進爾等當布告遐邇夫以天下爲事爰及干戈自古有之無辜之民初無與焉若彼界軍民官吏人等去逆效順與衆來降或別立奇功者驗等第官資遷擢其所附軍民宜嚴勑將士毋得妄行殺掠父母妻

孥家户毋致分散仍加賑給令得存濟其或固拒弗
從及迎敵者俘戮何疑

即位詔 至元三十一年四月 王構

朕惟太祖聖武皇帝受天明命肇造區夏聖聖上承
光熙前緒迨我先皇帝體元居正以來然後典章文
物大備臨御三十五年薄海内外罔不臣屬宏規遠
略厚澤深仁有以衍皇元萬世無疆之祚我昭考早
王儲位德盛功隆天不假年四海觖望顧惟眇質仰
荷先皇帝殊眷往歲之夏親授皇太子寶付以憮軍

之任今春宮車遠馭奄棄臣民乃有宗藩昆弟之賢戚畹官僚之舊謂祖訓不可以違神器不可以曠體承先皇帝夙昔付託之意合辭推戴誠切意堅朕勉徇所請於四月十四日卽皇帝位尚念先朝庶政悉有成規惟愼奉行罔敢失墜更賴宗親勳戚左右忠良各盡乃誠以輔台德

五鎭山加封詔 大德三年

王構

朕惟九州之有鎭山三代以爲常祀嶽瀆四海加封爰自于先朝疆理羣方同饗宜遵於舊制乃眷粹靈

之懿其增號秩之華今加上東鎮沂山曰元德東安王南鎮會稽山曰昭德順應王西鎮吴山曰成德永靖王北鎮醫巫閭山曰貞德廣寧王中鎮霍山曰崇德應靈王地德恒安功協成于奄奠民生咸阜治浸格于隆平仍命所在有司以時致祭務盡精嚴尚冀歆承益孚嘉貺

建儲詔 大德九年六月 閻復

惟我太祖聖武皇帝世祖聖德神功文武皇帝規模宏遠預建儲嗣式與古合朕恪遵祖宗成憲允協昆

弟僉言立嫡子德壽爲皇子茲有日矣比者遠近宗親復以爲請又中書百司及諸老臣請授册寶昭示中外朕俯從衆願於今月五日授以皇太子寶所有册禮其如常制屬茲盛舉宜布新恩於戲慶衍無疆旣正名於國本仁同一視尙均福於黎元

即位詔 大德十一年五月　　閻復

昔我太祖皇帝以武功定天下世祖皇帝以文德洽海内列聖相承丕衍無疆之祚朕自先朝肅將天威撫軍朔方殆將十年親御甲冑力戰却敵者屢矣方

諸蕃內附邊事以寧遽聞宮車晏駕乃有宗室諸王貴戚元勳相與定策於和林咸以朕爲世祖曾孫之嫡裕皇正派之傳以功以賢宜膺大寶朕謙讓未遑至于再三還至上都宗親大臣復請於朕聞者姦臣乘隙謀爲不軌賴祖宗之靈母弟愛育黎拔力八達禀命太后恭行天罰內難既平神器不可以虛宗祧不可乏祀合辭勸進誠意益堅朕勉徇輿情於五月二十一日即皇帝位任大守重若涉淵氷屬嗣服之云初其與民而更始於戲丕承丕顯敢忘持守之心

于藩于宣勉效忠勤之力共毗新政聿底隆平

行銅錢詔 至大二年十月　　姚燧

錢幣之法其來遠矣三代以降沿革不常世祖皇帝建元之初頒行交鈔以權民用已有錢幣兼行之意蓋錢以權物鈔以權錢子母相資信而有證今鈔法一新期於公私兩利重惟經久之計必復鼓鑄之規

至大三年十月赦　　姚燧

朕自嗣守丕基致孝太室奉上玉冊寶加謚太祖爲法天啓運聖武皇帝光獻翼聖皇后睿宗仁孝景襄

皇帝顯懿莊聖皇后世祖聖德神功文武皇帝昭睿順聖皇后裕宗文惠明孝皇帝徽仁裕聖皇后順宗昭聖衍孝皇帝成宗欽明廣孝皇帝貞慈靜懿皇后于斯之時宜降德音誕告天下猶恐數赦或賊良民今因西北叛王不受正朔五十餘年其子察八而蓋懲前人盡率部衆歸命闕庭及闊闊出謀爲非覬未忍置理刑以輕典與夫崇建大刹上爲列聖報德冥冥下爲生民祁福昭昭者亦旣成功皆我聖母之德之致已於此月五日奉玉冊玉寶上尊號曰儀天興

聖慈仁昭懿壽元皇太后屬大慶禮成宜敷渙號以
新民聽於戲凡在有司一乃心力以輔予治期底隆
平

即位詔 至大四年三月

姚燧

惟昔先帝事皇太后撫朕躬孝友天至由朕同託
順考遺體重以母弟之嫡加有削平内難之功於其
踐阼曾未踰月授以皇太子寶領中書令樞密使百
揆機務聽所總裁于今五年先帝奄棄天下勳戚元
老咸謂大寶之繩既有成命非與前聖賓天而始徵

集宗親議所宜立者比當稽周漢晉唐故事即正宸極朕以國恤方新誠有未忍是用經時今則上奉皇太后勉進之命下徇諸王勸戴之勤三月十八日於大都大明殿即皇帝位凡尚書省誤國之臣先已伏誅同惡之徒亦已放殛百司庶政悉歸中書命丞相鐵木迭兒平章政事完澤李道復等從新極治其可爲令法程拯民急者具如左方於戲凡爾有官君子皆古所謂治天職食天祿者宜一心力欽乃攸司無替朕命

行科舉詔皇慶二年十一月

程鉅夫

惟我祖宗以神武定天下世祖皇帝設官分職徵用儒雅崇學挍爲育才之地議科舉爲取士之方規模宏遠矣朕以眇躬獲承丕祚繼志述事祖訓是式若稽三代以來取士各有科目要其本末舉人宜以德行爲首試藝則以經術爲先詞章次之浮華過實朕所不取爰命中書參酌古今定其條制其以皇慶三年八月天下郡縣舉其賢者能者充賦有司次年二月會試京師中選者朕將親策焉於戲經明行脩庶

得眞儒之用風移俗易益臻至治之隆

即位詔 延祐七年三月 張士觀

洪惟太祖皇帝膺期撫運肇開帝業世祖皇帝神機睿略統一四海以聖繼聖迨我先皇帝至仁厚德涵濡羣生君臨萬國十年于兹以社稷之遠圖定天下之大本協謀宗親授予冊寶方春宮之與政遽昭考之賓天諸王貴屬元勳碩輔咸謂朕宜體先皇帝付託之重皇太后擁佑之慈既深繫於人心詎可虛於神器合辭勸進誠意交孚乃於三月十一日即皇帝

位於大明殿誕受維新之命庸推在宥之恩尚念祖宗丕緒持守維艱萬幾之繁罔敢暇逸更賴遠近勳戚左右臣鄰咸一乃心以輔予治

至治改元詔

元明善

朕祗遹詒謀獲承丕緒念付託之惟重顧繼述之敢忘爰以延祐七年十二月初二日被服衮冕恭詣于太廟旣大禮之告成宜普天之均慶屬茲喻歲用易紀元于以導天地之至和于以法春秋之謹始可改延祐八年爲至治元年於戲奉先思孝式昭報本之

誠發政施仁聿廣錫民之福

命拜住爲右丞相詔至治二年十二月　袁桷

帝王之職在論一相于以表正百司綱領庶績朕纘承丕緒厲精圖治然而澤有所未洽政有所未舉豈委任之道有遺闕歟今特命中書左丞相拜住爲開府儀同三司上柱國錄軍國重事中書右丞相監脩國史一新機務使邪正異途海寓乂寧以復中統至元之治於戲朝廷既正著端本澄源之功風俗斯醇廣摩義漸仁之化

諭安南國詔

曹元用

諭安南國世子陳日燇我國家誕膺景命撫綏萬邦德澤普加靡間夷夏乃者先朝奄棄臣民朕以裕皇嫡孫爲宗戚大臣之所推戴爰自太祖皇帝肇基之地入承天敘於至治三年九月四日即皇帝位遂以甲子歲爲泰定元年今遣亞中大夫吏部尚書馬合謀奉議大夫禮部郎中楊宗瑞賫詔往諭爾國賜爾授時曆一帙惟乃祖乃父修貢内附有年矣我國家遇卿甚厚以占城守臣上表稱卿之邊吏累發兵相

侵朕爲之惻然于中不知卿何爲至是豈信然耶朕君臨天下視遠猶邇務輯寧其民俾各得其所卿其體予至懷戒飭士衆愼保乂民俾毋忘爾累世忠順之意

卽位改元詔　虞集

洪惟我太祖皇帝肇造區夏世祖皇帝混一海宇爰立定制以一統緒宗親各授分地勿敢妄生覬覦此不易之成規萬世所共守者也世祖皇帝之後成宗皇帝武宗皇帝仁宗皇帝英宗皇帝以公天下之心

以次相傳宗王貴戚咸遵祖訓至於晉邸具有盟書願守藩服而與賊臣帖失也先帖木兒等潛通陰謀冒干寶位使英皇不幸罹于大故朕兄弟播越南北備歷艱險臨御之事豈獲與聞朕以叔父之故順承惟謹于今六年災異迭見權臣倒剌沙烏伯都剌等專擅自用疏遠勳舊廢棄忠良變亂祖宗法度空府庫以私其黨類大行上賓利於立幼顯握國柄用成其姦宗王大臣以宗社之重統緒之正協謀推戴屬于眇躬朕以菲德宜俟大兄固讓再三宗戚將相百

僚耆老以爲神器不可以久虚天下不可以無主周王遼隔朔漠民庶遑遑已及三月誠懇迫切朕姑從其請謹俟大兄之至以遂朕固讓之心已於致和元年九月十三日卽皇帝位於大明殿其以致和元年爲天曆元年可大赦天下於戲朕豈有意於天下哉重念祖宗開創之艱恐隳大業是以勉徇輿情尚賴爾中外文武臣僚協心相予輯寧億兆以成治功

卽位詔天曆二年八月十五日　　虞　集

惟昔上天啓我太祖皇帝肇造帝業列聖相承世祖

皇帝既大一統即建儲貳而我裕皇天不假年成宗入繼才十餘載我皇考武宗皇帝歸膺大寶克享天心志存不私以仁廟居東宮遂嗣宸極甫及英皇降割我家晉邸違盟構逆據有神器天示譴告竟隕厥身於是宗戚舊臣協謀以舉義正名以討罪揆諸統緒屬在眇躬朕興念大兄播遷朔漠以賢以長曆數宜歸力拒羣言至于再四乃曰艱難之際天位久虛則衆志弗固恐隳大業朕雖從請而臨御秉初志之不移是以固讓之詔始頒奉迎之使已遣尋命阿納

戚納失里燕帖木兒奉皇帝寶璽遠迓于途受寶即位之日即遣使授朕皇太子寶朕幸釋重負實獲素心乃率臣民北迎大駕而先皇帝跋涉山川蒙犯霜雪道里遼遠自春徂秋懷艱阻於歷年望都邑而增慨徒御弗備屢爽節宣信使往來相望於道路彼此思見交切於衷懷八月一日大駕次王忽察都朕欣瞻對之有期獨兼程而先進相見之頃悲喜交集何數日之間而宮車弗駕國家多難遽至於斯念之痛心以夜繼旦諸王大臣以爲祖宗基業之隆先帝付

託之重天命所在誠不可遠請即正位以安九有朕以先皇帝奄棄方新摧怛何忍銜哀辭對固請彌堅執誼伏闕者三日皆宗社大計乃以八月十五日即

皇帝位于上都可大赦天下於戲戡定之餘莫急乎與民休息丕變之道莫大乎使民知義亦惟爾中外大小之臣各究乃心以稱朕意

親祀南郊赦至順元年十二月

虞集

朕膺昊天之成命承聖祖之貽謀祗纘丕基于今三載統萬幾之兢業思兆姓之雍熙式舉禮文聿嚴報

祀爰以今年十月初四日躬服衮冕致明禋于南郊
尊我太祖法天啓運聖武皇帝配享上帝方至誠之
孚格嘉景貺之旋臻宜施曠蕩之恩用洽溥天之慶
於戲永言配命克肩昭事之心一視同仁益廣鴻寧
之福

即位詔　虞集

洪惟太祖皇帝啓闢疆宇世祖皇帝統壹萬方列聖
相承法度明著我曲律皇帝入纂大統修舉廢政動
合成法授大寶位于普顔篤皇帝以及格堅皇帝曆

數之歸寔當在我忽都篤皇帝扎牙篤皇帝而各播越遼遠時則有若燕帖木兒建義效忠戡平内難以定邦國協恭推戴扎牙篤皇帝登位之始即以讓兄之詔明告天下隨奉璽紱遠迓忽都篤皇帝朔方言旋奄棄臣庶扎牙篤皇帝荐正宸極仁義之至視民如傷恩澤霶霈無間遠邇顧育眇躬尤篤慈愛賓天之日皇后傳扎牙篤皇帝顧命於太師太平王右丞相答剌罕燕帖木兒太保浚寧王知樞密院事伯顔等謂聖體彌留益推固讓之初志以宗社之重屬諸

大兄忽都篤皇帝之世嫡乃遣使召諸王宗親以十月一日來會大都與宗王大臣同奉遺詔揆諸成憲宜御神器以至順三年十月初四日即皇帝位于大明殿可大赦天下於戲肆予沖人託于天下臣民之上任太守重若涉淵氷尚賴宗王大臣百司庶府交脩乃職思盡厥忠嘉與億兆之民共保隆平之治

元文類卷之九終

元文類卷之十

元　趙郡蘇天爵伯修父編次
太原王守誠君實父較訂

冊文

皇后冊文

王　磐

維至元十年歲次癸酉三月甲寅朔十三日丙寅皇帝若曰天地合德故能覆載萬物而不遺日月並明所以照臨六合而無外至哉夫婦之大義實配陰陽之兩儀咨爾皇后弘吉烈氏戚里名家元勳貴族備

儀率禮令德來嬪自朕奉藩之初至于踐阼之日明識遠慮裨益宏多雖褘翟正位于長秋而典冊未光于大禮茲者文臣敷奏寔應朕心今遣攝太尉中書右丞相安童持節授爾玉冊寶章備物充庭式遵古典於戲恭順接下九族形雍睦之風儉素相高萬世衍靈長之福服茲寵命益懋徽猷

皇太子冊文　徒單公履

皇帝若曰咨爾皇太子（裕宗廟諱）仰惟太祖聖武皇帝遺訓嫡子中有克嗣服繼統者預選定之是用立太宗

英文皇帝以紹隆丕構自時厥後不爲顯立冢嫡遂啓爭端朕祖宗弘遠之規下協昆弟僉同之議乃從燕邸立爾爲皇太子積有日矣比者儒臣敷奏國家定立儲嗣宜有册命此典禮也今遣攝太尉中書左丞相伯顏持節授爾玉册金寶於戲聖武燕謀爾其奉承昆弟宗親爾其和協使仁孝顯於躬行可謂不負所託矣尚其戒哉式勿替朕命

太祖皇帝加上尊號册文　王構

維至太二年歲次己酉某月某日孝曾孫嗣皇帝臣

其謹再拜稽首言伏以恢皇綱廓帝紘建萬世無疆之業鋪宏休揚偉績遵累朝已定之規式當繼統之元盍有稱天之誄孝弗忘于率履制庸謹于加崇欽惟太祖聖武皇帝陛下淵量聖姿睿謀雄斷沛仁恩而濟屯厄振羈策以馭豪英惟解衣推食于初年見君國子民之大略玄符顯握諸部悉平黃鉞載麾百城隨下裔土兼收于夏孽餘波克殄于金源蕩蕩乎無能名迹遠追于湯武灝灝爾其爲訓道允恊于唐虞根深峻嶽而維者四焉囊括殊封而統之一也肆

予小子承此丕基兩祇見於太宮恒優臨于端扆祚垂鴻兮錫裕尚期昭報之申牒鏤王以增輝敢緩彌文之舉謹遣某官某奉玉冊玉寶加上尊謚曰法天啓運聖武皇帝廟號太祖伏惟威靈昭假景貺潛臻闡繹吾元與天並久

世祖皇帝謚冊文　王構

維至元三十一年歲次甲午五月庚戌朔越九日戊午孝孫嗣皇帝臣某再拜稽首言臣聞繼志述事非盡孝無以盡其誠表行誄功非定謚無以稱其實肆

邦彝之具舉維天道之協從欽惟先皇帝膺籙受圖
體元立統蚤從藩邸茂著徽稱爲治之基有常經國
之略則遠役用衆智獨斷于衷總攬萬機如指諸掌
内朝廷外侯牧等威迭降罔不適中先教化後刑名
本末相循亦皆有序在御迨踰於三紀推尊合冠於
百王若夫惠及困窮恩加降附慎終如始每存好仁
之心保小以仁特示包荒之量擴盛猷之鴻啚沛膏
澤之醇醲方其泰運漸亨戢濟多難離綱復綴混一
四方傳檄而氛祲開渙號而方維定乾旋坤轉不足

以喻其機雷厲風飛不足以比其捷至於嘉言博采惟典謨訓誥是師諸藝畢延盡陰陽圖緯之學考音律以創字畫參古今以制禮儀振耀威靈肅陳兵衛白旄黃鉞持則親巡犀甲雕弧止於不用其聖德弗可及已神功茂以尚焉蓋文之所加者深武之所服者大是用升崇吉祔揆卜剛辰謹遣攝太尉臣兀都帶奉冊寶上尊謚曰聖德神功文武皇帝廟號世祖伏惟睿靈俯垂昭鑒思皇多祜錫羨無疆

皇太后冊文　陳儼

維至元三十一年歲在甲午十一月丁未朔皇帝臣某謹稽首再拜言曰臣聞自家而國治道必有所先立愛惟親君德莫加於孝况恩深於鞠我而禮重於正名歷代以來令儀可考人子之職所在天下之母宜尊恭惟聖母聖善本乎天資靜專法乎地道上以奉宗祏之重下以敘倫紀之常助我前人守卷耳憂勤之志保予沖子成思齊雝肅之風肆神器之有歸知孫謀之數定畀付雖由於曆數規模一出於庭闈是用率籲衆心章明鉅慶不勝拳拳大願謹奉冊寶

上尊稱曰皇太后伏惟長信穆穆周宗綿綿備洛書之錫福繁慈極之儀天瑤圖寶運于萬斯年誠歡誠忭稽首再拜

睿宗皇帝加上謚冊文

劉賡

伏以詣泰壇而請命有稱天以誄之文薦清廟而致嚴蓋若昔相承之典剛辰爰卜遺美載揚欽惟睿宗景襄皇帝孝友溫恭聰明濬哲屬我家肇造于朔土佐聖祖遄征于四方逮大討之奉行致皇威之遠暢金源假兩河之息天水渝通好之盟遂移秦隴之師

爰有褒斜之舉既平南鄭順流而東再涉襄江自上而下乃眷三峯之捷實開萬世之基唇既亡而齒亦寒虢可伐而虞不臘適英文之違豫圖中夏之底寧毋作神羞請以身代爰俟金縢之啓已知寶祚之歸迪我後人紹兹明命徽稱顯號雖已擬諸形容玉撿金泥尚未遑於潤色奉玉册玉寶加上尊謚曰仁聖景襄皇帝廟號睿宗伏惟端臨扆座誕受鴻名億萬斯年永錫繁祉

順宗皇帝謚册文　程鉅夫

孝子嗣皇帝臣某謹再拜稽首言曰臣聞顯親所以爲子追遠所以厚民矧必百世祀而位弗隆爲天子父而養弗逮是宜稱秩以達純誠欽惟皇考皇帝淵穆有容神明莫測文孫文子鍾至愛於兩宮宜君宜王膺具瞻於四海當璧之祥未卜棄躧之跡已遥興言欲報之恩昊天罔極對越有成之命夙夜惟寅昭哉玄德之升聖矣生知之異衍莫衍於昌後嗣而有天下孝莫孝於配前烈而茂本支念兹繼體之初益切中心之慕謹遣攝太尉某官某奉玉冊玉寶上尊

謚曰昭聖衍孝皇帝廟號順宗伏惟明明降鑒序于
祖宗攸躋攸寧永錫祚胤

皇后冊文

程鉅夫

維皇慶二年歲次癸丑三月辛卯朔越十有六日丙
午皇帝若曰朕荷天地祖宗之祐皇太后之訓嗣大
歷服思底于治必立元配表正六宮咨爾弘吉剌氏
寔我家世戚嫡嗣所自出積德流慶肆啓爾來嬪于
朕淑慎孝恭令譽昭聞承命慈闈爰正爾位今遣攝
太尉中書右丞相禿忽魯授爾玉冊玉寶命爾爲皇

后惟天地定位萬物以生日月並照萬國以明君后合德萬化以成上以事上帝奉宗廟下以親九族正萬邦爲朕内助惟爾之賢其永念厥德履中體順俾聖母暨予一人以寧豈惟爾嘉天亦永相念爾共享有國欽哉

皇帝尊號王册文　　姚燧

維至大二年正月乙酉朔越七日辛卯皇太子中書令樞密使臣某謹率中外文武百僚頓首頓首謹言昔我世祖旣平炎趙質之於書幅員廣長振古無倫

覆燾之下八紘萬國莫敢不庭何獨一王西北岸然
憑道阻修方命正朔德綏之而不摯威董之而不讋
夫豈不能聲罪致罰深入其地終以聖人親其宗親
包荒有年成宗繼序憤久驁頑天鑒昭明於裕皇孫
獨異陛下授以太祖皇帝信寶撫軍漠北是固以張
足付神器之本時未及冠承命即行其視萬里莽閒
寒冽之鄉不遠不難如堂適庭至則奬厲諸軍修明
法志簡拔果毅均苦分勞解衣燠寒推食飫飢洸洸
汔汔上氣日作睿筭伐謀待寇歲至奪人以先身踐

戎行霆馳電擊大北其羣虛巳不矜日愼一日始終十年不狃屢勝狂狡不懲悉銳來加當以選鋒同閒出奇盡襲輜重彷彿無歸度不能軍耄倪纍纍降口百萬致茲敉寧平四十年未靖之梗成兩祖宗未竟之志天下之人聞其風聲思覩天光者顒顒翹翹九圍一心握是乾符歸正宸極弛武事之夙習洽新化以文治立愛自親曾未旬浹上尊太后問安以時下建儲宮廢政是先又舉列聖未遑之典欽崇元祀玉瓚黃流薦祼太室還蹕龍輿徘徊太祖龍旂九斿蔚

金于斯肇基帝業爲城中都又以孔子垂範百王將二千年而顯謚未稱加大成於至聖文宣王上立勞于軍與凡庭臣悉大賚之間歲不登旣賑旣恤虞施未博民罹罪罟再肆大宥至德難名赫赫巍巍惟天爲大掛一漏萬井觀知斯求可盡臣下歸美報上者惟是徽稱謹奉玉冊玉寶上尊號曰統天繼聖欽文英武大章孝皇帝欽惟陛下立心天地立極生民茂對鴻名于億萬年

皇太后尊號玉冊文　姚燧

維至大三年歲次庚戌冬十月甲辰朔越五日戊申嗣皇帝臣某臣伏思顯考順宗未臨海寓眇眇小子託其遺體顧踐丕基惟事聖母養以天下何無不有何欲不臻而隆名盛典辭未見俞非臣所以表微忱酬大德也欽惟皇太后陛下貞順而齊肅淵哲而剛明居常處變愛威異施臣在先朝受詔漠北往撫諸軍可謂遠役以義割恩縱臾其行迨輟河陽永懷彌切親至五臺禱于佛乘尚憑陰隲早遂振旅殿閣是崇靈貺用昭旋聞國恤倂日馳赴邪謀方興援册儲

皇曾不再月掃清宮掖待臣以來畀付神器自非睿斷安救內訌往歲鑾輅再軷五臺淨供大修以畢夙願極心爲臣天燾地持日居月諸其大其明非言所喻詩之言曰母氏劬勞推之耿未喻仁煦慈百倍爲艱圖以報塞惟崇顯號者強而名之庶幾聖德昭明天下是用類于上帝禋于太室奉玉册玉寶上尊號曰儀天興聖慈仁昭懿壽元皇太后欽惟皇太后陛下慶蹐莫上之尊福衍無疆之曆非躬是保慈訓是承

皇太子冊文

閻復

皇帝若曰祖宗聖緒恭承丕顯之謨兄弟懿親宜正元良之號立天下之大本示天下以至公咨爾皇太子仁廟御名德器淵深英姿玉粹武奮清宮之偉績文參定策之殊勳豈特華萼交輝之情式相好矣其在鳬鷖守成之治須汝贊之故於連枝同氣之間付以監國撫軍之任慈上承於母意葢允出於朕心已於六月朔旦面授爾皇太子金寶今復遣攝太尉丞相塔思不花持節授爾玉冊維寵命之荐膺尚謙恭而自

牧益盡寧親之孝益勤事上之忠以敦九族内睦之風以衍億祀無疆之慶

成宗皇帝謚册文　張士觀

嗣皇帝臣某謹再拜稽首言曰臣聞稱天以誄表名實之至公法日而名庶形容之可擬維帝王之有謚蓋今古之彝章欽惟大行皇帝稟上聖之資撫重熙之運當裕考龍升之後承世皇燕翼之謀武威肅鎮於遐荒文德誕敷於華夏業業謹盈成之戒愉愉盡孝敬之誠罷勤遠之兵邊釁弭而苗頑格遺直指之

使皇澤宣而民瘼除九族形敦睦之風萬國洽隆平之治爰酌奉常之儀用昭告祔之文謹遣攝太尉某官某奉冊寶上尊謚曰欽文廣孝皇帝廟號成宗伏惟睿靈在天孚鑒逮下茂膺典冊錫羡邦家

仁宗皇帝謚冊文

張士觀

維延祐七年歲次庚申八月丁未朔粤十日丙辰孝子嗣皇帝臣某謹再拜稽首言臣聞觀其謚而知其行著王者之丕稱禋于廟而諫于郊寔邦家之彝典維天地之大莫能擬議而臣子之情宜極形容爰體

至公式揚景鑠欽惟大行皇帝聰明冠古勇智自天初大德之陟遐生内釁於不測乃從潛邸獨運聖謨正神器於幾危定乾維而重構豐功盛烈奮立一時偉望英聲揚溢四海尋被武皇之歷試納于大麓以弗迷由母弟之懿親膺元良之重寄取法裕廟主鬯之道隆奉養東朝因心之孝至及嗣歷服益見猷爲月恒日升廓昭代文明之治海涵春照推聖人博愛之仁至於敦勸農桑不嗜田獵毎覆奏於庶獄必惻怛於宸衷肇設制科以待天下之士特旌死節以勵

天下之忠臨御十年始終一德身衛斯文而不倦人
由其道而莫知克謹持盈諒多遺美屬升祟於吉祔
用祗薦於鴻名上以慰在天之靈下以協造庭之請
是諏剛日備舉縟儀謹遣攝太尉某官某奉玉册玉
寶上尊謚曰聖文欽孝皇帝廟號仁宗伏冀睿靈俯
垂歆鑒流光有永錫羡無疆

英宗皇帝謚册文　　袁桷

伏以瑶圖纘緒神巳御於鼎湖玉册揚休禮宜陞于
太室悼降年之不永儼立政以如新爰述徽猷以傳

信史欽惟大行皇帝文明天縱剛徤日嚴辨奸邪於

嗣位之初形庭祗畏廣儀注於熙朝之際淸廟肅雝

絕封敕以杜憸人申憲章以勵多士罰茲無赦令必

惟行君臨三載而有成知周萬物而莫隱豈運逢艱

否大命靡終然號謹追崇尊名是著謹遣攝太尉某

官某奉玉冊玉寶上尊號曰睿聖文孝皇帝廟號英

宗伏惟炳靈有赫歆格無違祔于新宮以妥以宜

皇后冊文　袁桷

皇帝若曰在昔正始之道必先內治于以奉承宗祧

化成天下朕嗣大歷服祗循憲章宜資配助用彰位號咨爾皇后瓮吉剌氏淑慎柔嘉遵道是行輔佐王邸謙抑自持實生元子國本斯建興龍重鎮介子紹封粤若臨御之初贊畫計慮厥相維多正位中宮天人協祥令遣攝太尉中書右丞相旭邁傑授爾玉冊寶章坤順承天人道攸則表正母儀萬邦是觀維躬儉節用則徽音是嗣惟求賢審官則私謁靡干匡朕德格朕心實爲有賴詩書所稱罔專美于前代噫敬厥初終有慶尚其念哉以膺爾景命

明宗皇帝謚册文　　虞集

臣聞統必有宗生嘗得以致其讓廟必有主歿思所以尊其名稽古考文宜天錫誄欽惟先皇帝夙秉勇智惟時元良體傳次之成言避謳歌而遜出雖身居絶域多歷於歲年而義動遠人樂爲之先後德威孔著未堪大業之艱貞事變匪常猶閔生靈而愼動庶來蘇於徯戴爰戡定以奉迎巳謹清宮俄虛黃屋臣民寡祐永遺惠澤之敷施天日有靈尚想神明之如在禮嚴升祔誠備顯揚謹遣攝太尉某官某奉玉册

玉寶上尊謚曰翼獻景孝皇帝廟號明宗伏冀睿慈
俯回歆假允綏丕祚垂裕無疆

元文類卷之十一

元　　趙郡蘇天爵伯脩父編次
　　太原王守誠君實父挍訂

制

加封孔子制 大德十一年九月　　閻復

葢聞先孔子而聖者非孔子無以明後孔子而聖者非孔子無以法所謂祖述堯舜憲章文武儀範百王師表萬世者也朕纂承丕緒敬仰休風循治古之良規舉追封之盛典加號大臣至聖文宣王遣使闕里

祀以太牢於戲父子之親君臣之義永惟聖教之尊天地之大日月之明奚罄明言之教尚資神化祚我皇元

加封孔子父母制至順元年　　謝端

闕里有家系出神明之胄尼山請禱天啓聖人之生朕聿觀人文敦求往哲惟孔氏之有作集群聖之大成原道統則堯授舜傳之周文王論世家則契至湯下逮正考甫其明德也遠矣故生知者出焉有開必先克昌厥後如太極之生天地如鉅海之有本源雲

仍既襲於上公之封考妣宜視夫素王之爵於戲君子之道考而不繆建而不悖于以敦典而敘倫宗廟之禮愛其所親敬其所尊于以報功而崇德尚篤其慶以相斯文齊國公叔梁紇可加封啓聖王魯國太夫人顔氏可封啓聖王夫人

封宣聖夫人制　虞集

我國家惇典禮以彌文本閨門以成教迺睠素王之廟尚虛元媲之封有其舉之斯爲盛矣大成至聖文宣王妻亓官氏來嬪聖室垂裕世家籩豆出房因流

風於殷禮琴瑟在御存燕樂於魯堂功言邈若於遺聞儀範儼乎其合德作爾禕衣之象稱其命鼎之銘噫秩秩彝倫吾欲廣關雎雀巢之化皇皇文治天其典河圖鳳鳥之祥可特封大成至聖文宣王夫人

追封孟子父母制 延祐三年十月　張士觀

朕惟繇孔子至於孟子百有餘歲而道統之傳獨得其正雖命世亞聖之才亦資父母教養之力也其父夙喪母以三遷之教勵天下後世推原所自功莫大焉稽諸往代寔闕褒崇夫功大而位不酬實著而名

不正豈朕所以致懷賢之意哉肆須寵命永賁神休可追封其父爲郕國公母爲郕國宣獻夫人

追封伯夷叔齊制　　閻復

葢聞古者伯夷叔齊逃孤竹之封并首陽之餓讓爵以明長幼之序諫伐以嚴君臣之分可謂行義以達道殺身以成仁者也昔居北海之濱遺廟東山之上休光垂乎千載餘澤被於一方永懷孤峻之風庸示褒崇之典於戲去宗國而辭周粟曾是列爵之可縻揚義烈以激清塵期於世教之有補可追封伯夷爲昭

義清惠公叔齊崇讓仁惠公

封周子爲道國公制　霍希賢

葢聞孟軻既沒道失其傳孔子微言人自爲說諒斯文其未喪有眞儒之間生濂溪周惇頤禀元氣之至精紹絶學於獨得圖太極而妙斡萬化著通書而同歸一誠俾聖教燦然復明其休功尚其不泯朕守成繼體貴德尊賢追念前修久稽彝典已從廟庭之祀盍疏鄉國之封於戲霽月光風想清規之如在玄衮赤紱冀寵命之斯承

楊庸教授三氏子孫制 中統元年九月 楊果

孔氏顔孟之家皆聖賢之後也自兵亂以來往往失學丱爲庸鄙朕甚憫焉今以進士楊庸教授孔氏顔孟子弟務要嚴加訓誨精通經術以繼聖賢之業

許衡爲懷孟教官制 楊果

咨爾許衡天資雅厚經學精專大凡講論之間深得聖賢之奥受罰者恐陳君所短爲盜者畏王烈之知所在向風眞堪正俗可令於懷孟等處選揀子弟俊秀者舉歸教育取作範模再令董子帷前有傳授之

弟子重使王通門下皆經濟之名臣毋喪斯文以弼予治

降封宋主爲瀛國公制　王磐

時逢屯否嶽瀆分疆運值休明乾坤一統眷靖康之餘裔擅吳會之輿區遠隔華夏久睽鄰好我國家誕膺景命奄有多方炎風朔雪之鄉盡修職貢若木虞淵之地靡不來庭歷六合而混同豈一方之獨異用慰徯蘇之望爰興問罪之師戈船飛渡而天塹無憑鐵馬長驅而松關失險宋主㬎乃能察人心之向背

識天道之推移正大姦誤國之誅斥群小浮海之議
決謀宫禁送欵軍門奉章奏以祈哀率親族而入覲
是用招示大信度越彝章位諸台輔之尊爵以上公
之貴可封開府儀同三司撿挍司徒瀛國公

丞相史天澤贈謚制　　劉　元

周制以八統詔王必先敬故漢官以列爵馭下亦自
報功右有彝章朕兹申勸故開府儀同三司平章軍
國重事中書左丞相史天澤性資貞亮器宇沉雄自
開國以將三軍妙契淮陰之略至分茅而推千乘甚

高孤竹之風況結知於累朝迨總戎於四紀及朕纂承之始克膺輔相之良内秉國均兼筦機于右府外清邊祲幾授鉞于齋壇可謂威惠之交孚抑亦忠勤之備至繼以荆蠻之蠢重煩汴省之趨惟時壯猷行策功而飲至不圖晚志遽引年以謝歸申言齒德之尊端愈典刑之益命開府第協賛廟謨方就佚于尊罍復遺憂于邉閫冀資偉筭用一遐陲顧上游之濟師方倚坐籌之勝愴中途之病華莫收卧護之勳弗飾厥終曷旌迺績宜表出群之行造[illegible]等上六之階於

戲國步方新天不慭遺于一老閔章加襚卿其永賁于九原營魂有知歆予異渥可贈開府儀同三司太尉尉謚忠武公

太保劉秉忠贈謚制

李槃

臣以忠孝而事上貴輸獻納之誠上以禮義而遇臣思篤始終之愛視死之日猶生之年故光祿大夫太保參領中書省事劉秉忠學窺天人識貫今古邃冲而有守安靜而無華昔侍潛藩稔聞高論適當三接之際懇上萬言之書蓋將舉天下而措諸安以戒爲

人主者果於毅朕嗣服而伊始卿盡力以居多益得卿實契於朕心而獨朕悉知於卿意事皆有驗人匪他求周旋三十年不避其難剴切數百奏各中其理共成庶政方圖任於舊人誰謂昊天不慭遺於一老興言及此何日忘之再惟台輔之尊厥有泉扃之責是用錫之綸命峻一品之華階䆳以哀衣躡三槐之正位復加顯號允答殊勳惟爾英靈識予哀寵可贈開府儀同三司太傅謚文貞公

左丞董文炳贈謚制　　李槃

折衝禦侮誠社稷之良臣崇德報功實國家之令典途雖殊於生死禮當極於哀榮故資大夫中書左丞僉書樞密院事董文炳王佐之才將家之子自出宰於劇縣嘗入侍於潛藩山路間關謁戎軺遠趨於六詔風濤洶湧扈龍舟首渡於三江迨予嗣服之年委以專征之任截彼淮浦至于海邦招降兩浙之新民撫定七閩之故地大小數百戰奮不顧身勤勞三十年厥有成績往者睢陽城下父已歿於兵鋒比來揚子橋邊男復終於王事一門忠孝萬古芳香及兹幹

事而回方以不次而待何言中路殲我良人益非卿孰佐於朕躬而獨朕悉知於卿意弗須異數曷慰永懷其陞一品之榮以賁九泉之墜倘其有識歆此無窮可贈金紫光祿大夫平章政事謚忠獻公

丞相伯顏贈謚制　　閻復

天下大統不嗜殺則一之聖主弘功益必資於賢者昔在至元之際方隆混一之期有來命世之奇材懋建殊常之偉績故太傅開府儀同三司錄軍國重事伯顏崆峒孕秀列象騰精居政府則不動聲氣措泰

山之安秉戎律則純乎仁義猶時雨之降當其聲鶴浦渝盟之罪總龍驤飛渡之師克廣世祖好生之心允獲宋人誠服之意衣冠不改市肆不易恩威普洽於三吳車書以混文軌以同聲教遂覃於百粤遠朕纂承之始益申推戴之誠永懷社稷之宗臣宜後河山之高爵於戲曹侍中江南之役規摹一何小哉郭汾陽異姓而王崇報斯亦至矣可贈宣忠佐命開濟功臣太師開府儀同三司追封淮安王謚忠武

丞相阿术贈謚制　閻復

邉外開邉四達弗庭之域將門出將三持分閫之權緬思百戰之勞宜用九原之責故光祿大夫中書左丞相兼都元帥贈開府儀同三司太尉追封并國公謚武宣阿术英才間世勇略邁倫當先皇大理之征佐廼父雲南之役靖蠻荒而平交趾抜襄漢而下江南蔿瘴揮戈萬里若衽席之上龍驤飛渡三吳歸掌握之中贊成混一之圖式副元勲之號按禮寺易名之典加王章異等之恩於戲青史屢書諒騰芳之有永黄河如帶尚流慶於無窮可加贈推誠宣力保大

功臣太尉開府儀同三司上柱國追封河南郡王謚

武定

丞相綫真贈謚制　　閻復

蕭曹翊漢素非閥閱之家房杜匡唐卒丞之鈞衡之嗣眷先朝之碩輔綿累世之芳猷永懷弼亮之賢庸示褒崇之禮太傅錄軍國重事開府儀同三司中書右丞相監修國史完澤之父故光祿大夫中書右丞相宣徽使綫真稟靈河嶽著象星辰應明良千載之期萃忠孝一門之慶梯天力競元戎奠鶉首之郊扶日

功高奕葉應龍飛之運惟昔中書之草創歷陳治古之宏規位望冠於百僚利澤施於四海躬承世祖肇隆中統之丕圖子侍裕皇復贊元貞之初政方倚具瞻之重宜昭先德之華維垣進秩於上台列爵仍疏於大國錫號著勲庸之偉易名申節惠之文殊恩允出於朕心卹典非由於汝請表南宮雲臺之像旣彰異渥於宗臣措天下泰山之安益助貞勤於上宰尚服休命永播英聲可特贈宣忠保德佐理功臣太師開府儀同三司中書右丞相追封秦益國公謚忠獻

丞相和理霍孫贈謚制　閻復

北方間氣寔生命世之材黄門清風盍出登瀛之選慨英靈之已往當卹典之崇須故光禄大夫中書右丞相和理霍孫泒接元勲慶鍾金德早躡鰲峯之首誕掞雲漢之章開闢賢關爲司徒而敷五教更張化瑟位冢宰以統百官恢揚累世之洪休新美至元之大政掄才如崔祐甫之廣潔已有張忠定之剛著績熙朝既闡文明之治疏封列國宜居禮義之鄉可贈保德協謀佐理功臣太師開府儀同三司追封齊魯

國公諡文忠

翰林承旨王磐贈官制　　王之綱

崇德報功恩靡忘於先正易名節惠體具載於彝章故翰林學士承旨資德大夫知制誥兼修國史領集賢院事致仕王磐志大以剛識明而遠惟根本培埴於内者確乎不拔故英粹發越於外者煥乎有文出處無愧於心窮達不易其守潛知逆黨星言發靑社之謀明斥權姦露奏重紫微之柄出于藩則用蘇民氣入覲草則允契宸衷贊大議於廟堂播淸芬於簡

策諫止東伐奮不顧身請復外臺凛然抗疏是以皇

祖篤褒嘉之眷昭考垂飫賜之勤正有待於乞言何

屢陳於謝事榮歸梓里庚衍椿齡朕方嗣服於丕基

天不慭遺於一老追惟往行惕用興懷俾超進於孤

卿仍具頒於寵數於戲千古淵源之學蔑以踰修一

生忠義之心諒無愧軾顧二賢已膺於美謚而兩宇

宜媲於前休精爽如存欽承不昧可贈榮禄大夫少

保謚文忠公

左丞許衡贈官制　　姚燧

天非繼聖學之墜緒則不生命世之大才國欲與王道以比隆肆用爲烝民之多覺何物故之巳久尚人思之未忘故資善大夫中書左丞集賢大學士兼國子祭酒教領太史院事許衡玉裕而金相準平而繩直出處則惟義所在言動必以禮自持休休焉有容屬屬乎其敬人能弘道惟朝聞夕死之是期我欲至仁匪晝誦夜思而不得行巳似秋霜烈日化人如時雨和風來席下之摳衣滿戶外之列屨達簡在帝心者率多丞弼窮困守師說者不失善良鶴鳴九臯而

聲聞于高鳳翔千仞必德輝乃下爰立相以堯君舜民之志所告上皆伊訓說命之言丹扆斥姦少不避雷霆之震擊青臺治曆本於筴日月而送迎繇理窮而智益明隨任使而職斯舉今既亡矣誰其嗣之於戲在爾身有垂沒世之名於朕心有失同時之恨雖成廟納書以命謚固已振木鐸之高風而功臣胙土則未加用申錫彝章於下地光靈如在寵數其承可贈正學垂憲佐運功臣太傅開府儀同三司追封魏國公仍謚文正

元帥烏野而封謚制　姚燧

惟太祖之基命龍遂乘雲有良臣以樹勲魚猶得水展我同姓豈伊異人故金紫光祿大夫比京等路兵馬都元帥烏野而氣鍾光嶽之純全誠貫金石之堅確智足謀國勇則冠軍佐天運之維新儐人心之未定既降復叛必煩以行故自北而徂南首遼尾魏亦攘左而搴右膺齊背秦語其跋履於四方數豈戎衣之百襲爲庸巳懋其報宜豐可當非劉氏之不王姑啓若魯侯之大宇併申褒典少慰英靈噫佳城之鬱

年三千名固已昭乎白日分國於肇州十二澤期不斬於黄河可贈某官追封營國公謚忠勇

元帥徵鄰贈謚制　　姚燧

朕聞率土之臣莫如同姓干城之將尤可異恩故遠稽於禮經用厚加乎懋册具官某其在弱冠嘗爲選鋒迅與鷹揚號爲萬人之敵虓如虎視隱然千里之威屬鉅寇之及郊乏總戎之制閫求可居此孰有異然其爲人心所歸不待君命之至推使秉鉞辭拒循墻即下令於轅門已折衝於尊俎握機旗建四川之

草木知名開壁鼓行三峽之星河動影勇頗牧之非匹策孫吳之可方入阽危則膺衆所不先分賜與則如士之最下勁騎所麾堅城毎摧如斯宣力於兩朝何止出奇於百戰嗚呼降年弗永爲烈則多雖狀不及識之亦心未嘗忘者置戶以守何樵牧可侵馬鬣之墟故壘卽封或魂魄猶思蠶叢之國可贈某官追封蜀國公謚忠武

丞相阿塔哈封謚制　姚燧

臣爲委質勞於同軌之間國以念功恩及燧衣之後

雖飾終其時有所未及在追恤今日烏可或遺爰寵幽褒用昭異數故光祿大夫江西等處行中書省左丞相阿塔哈力齊嶽負量與川涵託開國將種之苞根挺明堂工師之大木受任閫外賈勇籌邉爲憲宗入蜀之前鋒因殘百粤非世祖投江以尺箠不返三苗報效之私寤寐不置百其身以奚恤一遡心之是期會師征險順而貞得夬剛决柔之兆考版圖之幅裂秉旄鉞以鼓行將削尊號於偏方必使義聲以先路勢乘破竹名正包茅有不待陣風蛇之蟠而巳飛

麾星馹之捷如震如怒祚金華北方之强于理于疆盡江漢南國之紀群黎壺漿而崩角幼主席藁以泥頭痒事匪伊成功能爾凡十年爲丞于行省奄一旦違世于先朝白雲杳歸于青山淸風空遺于黃閣像未麟臺之貌服先龍袞之升既進師坦又建王國俾大書於神路過者式焉示絶等於臣鄰忠斯勸矣尚膺茂渥少慰營魂可贈推忠翊運宣力功臣開府儀同三司太師上柱國追封順昌郡王謚武敏

妻札剌而氏封王夫人制　姚燧

大帝立極之十五年嘗曰昔我太祖戡定中夏日不暇給由天未厭宋德故帝制偏方命將出師一家天下今惟其時曾不三年墟其廟社雖曰睿算萬舉萬全亦大臣奉辭宣力死職忘身有以致茲厥功茂哉用是追崇故光祿大夫江西等處行中書省左丞相阿塔哈爲推忠翊運宣力功臣開府儀同三司太師上柱國順昌郡武敏王其故妻札剌而氏在父母家幽閑而禮其移天也淑愼有聞所可盡傷在不壽考以語媲德不及見夫丞相建希世之功以語娠賢不

得食子大夫糾官邪之祿非責玄壤曷慰貞魂可封順昌郡王夫人

丞相塔制哈進封淇陽王制　姚燧

出入帷幄在人十能而已則千討謀廟堂爲相一年而疾居半竟邦家之殄瘁宜王禮以追崇故開府儀同三司中書右丞相監修國史太保太子太師知樞密院徽政使中政使宣徽使左都威衛指揮使塔剌哈維昔開國之遺苗乃令太師之元嗣由爾世胄爲我親臣事世祖至今也凡三朝職食官而久者非一

日灼其廉明而忠亮與夫恭遜而温文眷茲中書出庶政之原居以右相絶百僚之席使加中政機總六軍善調護而長宮師監纂修以成國史如此重責皆所裕爲一德可以寬鄙夫片言奚止簡繁務思過榮之可懼視倖利以不貪同綰銀艾者十人爾先辭免其太尉均受錫田以萬畝爾獨還致於司空觀父子之並相一門求聖賢與尚友千古改爲改作緇衣何賴乎武桓拜後拜前赤舄未懟於周魯方歌功於清廟儵委魄於玄閭豈意少者没而老者存益信神難

明而理難測憐乃公獨傷於漠北誓爾後均胙乎淇陽嗚呼何但上下床在餘子可東之高閣如失左右手慨正人不作於下泉咨爾靈明歆朕休命可特贈封謚爲懷忠昭德佐治功臣開府儀同三司太師上柱國淇陽惠穆王

妻啜思蠻公主封王夫人制　姚燧

朕自踐阼于今三年洪惟天地祖宗之佑陰陽和平星緯咸若民物豐阜邉鄙不聳朕是用大賚于群工凡嘗執政柄理者必追錫及于三世而伉儷之賢亦

與嘉褒於戲是曠代之典也具官塔刺哈妻某毓秀朱邸作配相門少習儀訓閑於婦道貞順著稱垂範閨閫相厥夫子爲世英宰而芳蘭早萎不終榮顯懿彼宗戚失此女師開吉壤於淇陽正邦家之顯位服我新寵妥爾幽靈

耶律鈞贈官制　　姚燧

臣克厥艱而始民敏其德于焉能仕皆由父教之忠眷予問義之人師實漢僕射之位長固求還笏雖斷抗章是用追崇莫先庚以垂裕乃後昭文館大學士

中奉大夫國子祭酒耶律有尚之考提領東平路工匠所長官鈞中書猶子丞相從兄宗承遼室之遺苗禰死金源而全節尚論其世孰踰爾家而又誨嗣續善詩禮之敎於以見平生憂絖袴之習自夫共工之謝晏然同俗之安争饋肆乎五槳振衣岡於千仞奉先惟孝雖耆耋於禴祠也親焉接下以恭其臧獲之乂故者民耳匪直入官而卹止抑展在家而必閗惜棄世於九齡負爲國之三老於戲神遊安往定徘徊乎故鄉衮寵即封用昭章於凝墓嘉誄以副殊渥罔

遺可特贈昭文館大學士資德大夫追封漆水郡公諡莊愼

高麗國王封曾祖父母父母制　姚燧

昔我太祖皇帝之奮擧漠北也東旌西旆分甸南服昭德示威所向臣妾惟時三韓境壤相聯天戈一臨開府儀同三司太子太師上柱國駙馬都尉瀋陽王征東行尚書省右丞相高麗國王王璋之曾祖故高麗王王㬚深察機運擧國内嚮事會之來間不容髮自非秉志端慤明識遠慮疇克如是哉又屬遼民餘

孽潛竊島嶼狂肆弄兵陸梁假息重煩命將致討于時氷雪沍寒餽餉不通而暾乃能供偫轉輸師皆宿飽軍輿器仗資助無闕復濟師徒徃殄殘寇其於肇造開基立勳王室保民輿邦莫之與比故得守土享年殆將四紀澤及後昆流慶斯永傳子若孫與國連戚不其韙歟是宜追崇上爵仍易嘉名䰟而有知歆茲異數可贈敦信明義保節貞亮濟美翊順功臣太師開府儀同三司尚書右丞相上柱國高麗國王謚忠憲

崇德報功法擧追榮之典分邦列爵恩頒及内之章酬我舊勳同茲顯號具官高麗國王王璋曾祖母柳氏傳芳令族作配高門屬皇祚之興隆俯名藩而臣附明賢所化貞信無頗傳子至孫極富與貴三韓保國位同異姓之侯王五等疏封名亞寡君之宗室聿新殊渥庸慰淑靈可追封高麗王妃

朕觀今天下有民社而王者惟是三韓及祖宗而臣之殆將百載厥父齒而子復肯播曰我舅則吾謂之甥既勳以親宜貴與富禮克先於事大典可後於追

崇具官高麗國王王璋之考純誠守正推忠宣力定遠保節功臣太尉開府儀同三司征東行中書省右丞相上柱國駙馬高麗國王王昛移孝爲忠易威以惠禮樂刑政之修者典章文物皆粲然惟大猷之是經與小心之以翼初由世子已帝女之降釐旋俾嗣王非公孫之復始遂罷時貢其方物顧同歲賜於宗親責秉鈞以東征期奠枕於南面追叛王挺身於遼水出選兵壓卯以泰山戰踵未旋逆首已授雖居位未周於三紀而享年實過乎七旬中壽共言今代希

有刻其子式穀之是似則斯人沒世爲不忘自官階而進之至師垣而極矣夫既封玄莬之墓表滄渤以爲禜何必刑白馬以盟誓黄河之如帶尚期貞魄膺服恤章可贈純誠守正推忠宣力定遠保節寅亮弘化奉慶功臣太師開府儀同三司尚書右丞相上駐國駙馬高麗國王謚忠烈

三韓爲國五季已王雖居東濵之濱實享南面之樂卣其先有功於太祖許帝室以連姻故季女鍾愛於世皇即公宮而命醮方穠青軒之桃李俄凄白露於

蒹葭眷懷懿親用隆恤典具官高麗國王王璋之妣皇姑安平公主高麗王妃發祥坤掖分派天潢以舜妃癸比之胥明爲古公亶父之姜女善於嬪德車服不矜其夫家樂有娠賢茅土已纘其父服可謂全妻道之終始苟不因湯沐之安平原進大封曷彰尊屬於戲自他邦之道里距比闕以五千移近甸之河山盡東秦而十二明靈可作殊報是膺可追封皇姑齊國大長公主高麗王妃

元文類卷之十一　終

元文類卷之十二

元　趙郡蘇天爵伯修父編次
太原王守誠君實父挍訂

制

高麗國王封贈祖父母制

洪惟我祖天錫勇智正萬邦迺眷爾家世篤忠貞有成績基本深而末茂其德厚者流光開府儀同三司太子太師上柱國駙馬都尉瀋陽王征東行尚書省右丞相高麗國王王璋之祖故高麗王王植祗訓向

方飭躬廸吉佩服儒雅奮勵材猷初爻命之親承以
土宜而入貢會桓肅西巡於川徼而世皇南撫於江
壖亟期行李之通寧恤歳華之易遂屯以永内訌仍
遘於家艱號渙其申還納旋膺於晝接中統之風雲
載啟三韓之疆宇重臨從容必中於事機造次弗忘
於禮憲首遣明廷之質有來冢嗣之良甕降扆親示
渥特殊於他姓服勤尊主輸誠益拱於中天不諐是
征屢爲先導奉朝斯謹罔失常期孫繼尚於皇姬國
允資於碩輔有爲有守昔戡濟之功多言盛言恭兹

弼諧之望著盍旌舊哲庸賁嘉稱太師維垣爵以馭其貴君子如祉制以象其賢庶幾徃訓之遵亦曰徽彝之舉於戲匪報也永爲好也恩隨鸞檢以疊疏惟疏惟有之是以似之系與鴨江而並遠可贈端誠奉化保慶亮節康濟佐理功臣太師開府儀同三司尚書右丞相上柱國高麗國王謚忠敬

昭令德於前人爵已隆於三世受介福於王母恩特侈於再傳具官高麗國王王璋祖母金氏淑慎其儀柔嘉維則東藩作儷北闕聯姻不墜簪圭功有武公

之父子親承盥饋禮如王氏之舅姑一則彰夙夜之勤一則示閨門之肅嗣爲貴壻況有賢孫諄襲請疏之來聞赫奕徽彝之並舉鳳綈鸞檢翟茀魚軒於戲重莫重於傳家有懿含飴之訓榮莫榮於錫號侀歆加襚之章可追封高麗王妃

趙與芮降封平原郡公制　　王構

我國家法天立統稽古象賢武定方維暨聲猷之益廣恩加降附宜寵數之兼隆乃眷者英其敷制冊趙與芮身端而行治識遠而量夷曩在南邦屬爲近戚

儼若典型之舊巋然位望之尊阻鄰好以弗修知天心之厭楚棄官榮而高蹈偉王子之去殷幾年退處於鄉閭庶事靡聞於朝著執吾信使惟彼權姦爰興問罪之師用慰徯蘇之望江左之連城不守始奉表以請降浙東之遺老雖存亦挈族而來覲然制有上下等威之別而情無親疎遠近之殊分土惟三爵已崇於而主降級以兩名未正於爾躬是用晉以文階賁之華綬天秩亞上公之貴月卿躋太府之班於戲辨宗伯之九儀王者所以示綏懷之禮兼洪範之五

福人臣所以全安養之榮茂對寵光徃堅素履可授

金紫光祿大夫檢校大司農平原郡公

丞相阿里海牙贈謚制　　王構

朕惟不世之賢膺不世之遇非常之人立非常之功方一統之宏開有六師之分董郢漢順流而下勢甚建瓴荆湖堅壁者多事猶掣肘儻弗資其雄畧其何奏膚於遐方故光祿大夫湖廣行中書省左丞相阿里海牙端慤而疏通聰明而果銳禁廷久侍簡眷良深朝政參知弼諧有賴遭明時建長策機決於十年之

先殄餘孽芟群凶威行於萬里之外下江陵以爲之根本破長沙以潰其腹心𠦪梗咸除率虎旅平吞於桂海降旌隨豎故能驤直抵於錢塘徇惟瓶衮之加煥若雲章之諭錫賚榮多於貴近勞還位亞於侯王忠於國惠於民靡不用其至也報爾功崇爾德孰能與於此哉雖當年左揆之特升顧今日彝章之未舉佇遂圖形之制彌深撫髀之思爵首冠於臺司封乃疏於舊國曰武以旌其戰伐曰定以著其和平名則易之期百千世禮之同者惟一二臣於戲周宋爲鐔

石城爲鋒朕仰繼皇王之大武黄河如帶泰山如礪卿允爲宗社之元勲尚冀英靈永言歆格可特贈佐平南紀宣力功臣開府儀同三司太師上柱國追封楚國公謚武定

丞相答剌罕贈謚制　王構

予欲宣力四方所頼人才之叶助天不憖遺一老其何治化之成能故中書右丞相哈剌哈孫答剌罕嶽瀆英靈乾坤間氣執德弘而信道篤褆身正而格物深判宗寺兼示恩威奠藩封於磐石之固坐朝堂不

動聲色措天下於泰山之安位不以内外爲重輕事不以險夷爲去就擴神明之藴有室皆通推惻隱之心靡寃不釋惟獎善疾邪之太甚故積憂成恙以相仍言仁義如魏文貞寧恤憸徒之巧沮佩安危若韓忠獻詎容神器之他攘刃游於批大郤之餘器別於遇盤根之際離綱未綴一誠堅抗群嚚泰運重開百慮竟如素策顧嗣基之伊始其佐命者惟卿載纘武功上膺邊瑣驅介不煩於屢駕衮衣佇俟於來歸云胡馳訃之聞遽爾輟朝之慟雖卿之所守匪生而存

匪死而亡然政有或疑奚究而問奚取而決詢之輿議揆以舊章眞王超異姓之封顯秩冠上公之貴治典敎典並以褒崇東平廣平罔俾專美嗚呼國家之講制度一二臣式克似之天理之在人心百千世不能易也永言孚格以啓方來可贈推誠履正佐運功臣太師開府儀同三司上柱國追封順德王謚忠獻

平章史弼封鄂國公制　王構

嗣德罔不在初粤彝章之具舉舊人丕克遠省疇偉績之特書榮祿大夫平章政事議樞密院事提調諸

衛屯田事史弼器博而用周志剛而行敏早繇禁籞出總戎行英明兼本乎天資方略悉合於古法視長江如履平地居然獲跳盪之功撫疲黎猶保稚嬰允矣著綏懷之效始自淮襄之百戰迄於嶺海之同風顧宣力之獨多其推誠則弗替終始三朝之眷賜環屢壓於宸班優游六藝之文綏帶雅稱於儒將是宜賁之華綬衍以真封以酬既往之勞以示惟新之渥於戲功臣圖象秩盍冠於褒公元老壯猷忠尚資於方叔益圖報稱祗服訓言可特加銀青榮祿大夫封

鄆國公

翰林承旨姚樞贈謚制　王構

昔有先正蚤事聖皇惟夙夜畢厥心而終始典於學如伯益之贊夏禹暨尹躬之佐成湯行乎仁義之途任其社稷之重討於廟堂之上明夫事幾之先益精稱志意之相孚故啟沃都俞之靡間制難拘於一例恩特侈於屢書故翰林學士承旨中奉大夫詳定禮儀使贈榮祿大夫少師文獻公姚樞以淵識弘謨爲國著蔡以清彝素檢爲時楷儀曉萬事安異同式群

工壹統略周旋必禮温温維德之恭敷納以言蹇蹇匪躬之故止殺允符於宸慮宣澤丕應乎天工以故中和且平近者親遠者附不賞而勸大臣法小臣廉國家之表裏可觀風俗之樞機隨轉績已成而弗有身愈退而爾尊顧當時耆壽其誰歟致今日隆平者公也正事正言正道親傳文祖之燕謀有德有功有能首被先朝之鴻訓肆朕纂承之始於公簡旌之深槐序延登衣仍衮黼棠陰未徙祚廼龜蒙因謚以正其名崇章以介其祉於戲得 天下賢材斯足矣方圖

政化之新有朝廷大議則就之慨想儀刑之舊往欽玆命以永其傳可加贈嘉猷程世舊學功臣太師開府儀同三司追封魯國公仍謚文獻

翰林承旨姚燧父楨贈官制　王構

朕尊祖敬宗升崇嚴謚推恩錫類孚告朝廷鴻文鉅冊之參修縟典彛儀之詢考叶成熙事允賴耆儒迹先德之繇來盍惠術之同衍翰林學士承旨榮祿大夫知制誥兼修國史姚燧父楨名門甲姓偉望通才初與長公聯芳於西洛繼爲廬使持節於南壖以拯

濟生靈爲心以拔揚茂異爲任茇艱危而靡恤期德澤之丕揚所全活者幾千人若昔鄧公之河役其往依者五百室非惟李氏之義門奚我生之弗辰竟以死而勤事風雨憂時之畧有欝於中蓄名世之規以貽於後滙之深流之濬培之厚發之弘嚴潔雄深文獨高於衆作光明正大學載侈於宗傳況宻旨之親承時洪謨之叶贊成吾孝治緊爾義方旣因其親以及人之親故尊所教俾掌邦之教而先兄後弟繼文以忠以章節惠之文以示遺經之報於戲貞風千

古爲然不廢魯靈光太史一家嗣者無慙漢司馬矛言介止式克歆兹可贈銀青榮祿大夫大司徒追封魯國公謚忠獻

留守段貞贈謚制　王構

蕭司畱務漢高旌端本之規舊作共工虞舜廸有邦之訓昔聖皇之在御稽往古以建官惟時亮工朕其疏渥通奉大夫大都武衛親軍都指揮使司達魯花赤提調大都屯田事大都畱守兼少府監段國幹故父銀青光祿大夫司徒武衛親軍都指揮使司達魯

花赤大都屯田事提調六都留守司少府監尹貞除

亨隆之運效乃所長襲通敏之休善於其職端莊恪慎周密疏通心休休焉如有容器渾渾兮靡可限卜澗瀍食惟洛議首定於遷都象天漢揆之功勳屢書於考室應叢機則曲當奮奇略以無前審勢度材六司之事畢具矣攻金刮玉一器而工聚焉歷華貫凡十七階翼皇基於億萬載慨生存之莫復宜褒謚之兼崇以衍封腴以疇勤濟於戲紫微丹闕非徒示壯麗之威鯁論直言無復見典刑之舊尚其英爽式克欽

承可特贈效忠宣力功臣太傅開府儀同三司上柱
國追封安國公謚武定

播州楊邦憲贈謚制　王構

朕惟牂牁重鎮介巴渝之間世其守者曰楊氏自唐涉宋代不乏人嚮者邦憲審於去就挈版圖內附世祖皇帝實寵嘉之逮朕纂服嗣子漢英率先群牧述職來庭以父殁未謚乞褒贈夫爵以馭其貴謚以成其美治古之道也況先朝屏翰之臣邈在一方而能綏輯其民不失常業餉兵增戍屢效忠勤如邦憲者

不以易名可乎於戲據德論功惟彝章之具舉有子承考尚奕世之彌光可贈其官謚敏惠

平章廉希憲贈謚制　　　　元明善

惟我世祖皇帝肇自藩服受鉞專征天賚良弼爲之左右一家四海傳次在予名爵之崇顧斯實斬故榮祿大夫中書平章政事贈清忠粹德功臣太傅開府儀同三司追封魏國公謚文正廉希憲清忠粹德文武元臣蚤以門閥之賢入膺寄託之重非詩書不陳於上前非仁義不行於天下憂國忘家愛民如已西

靖秦蜀東極青齊北清遼碣南鎮荆湖在中書者曾幾何年而能立大法銷大患進大儒摧大姦耻身弗及伊周耻君未邁堯舜言昔賢之所難爲人臣之不敢疑然三代之佐蓋將師表百世者矣天不慭遺哲人先萎雖諸子列官省臺於朕心猶懷舊德是用進以極官加之上爵於戲表賢能所以尊朝廷也假名器所以報忠貞也稽若王章得兹二美凛乎生氣天地猶存服此殊榮尚聞爾後可加贈推忠佐理翊運功臣太師開府儀同三司上柱國恒陽王仍謚文正

參政商挺贈謚制

元明善

若稽世祖聖神廣運徵聘英賢疆理天下時則有若正奉大夫中書參知政事商挺以王佐之才濟經世之學越自侯服召列潛藩迨臨寶祚蔚爲謀臣四鎮秦蜀而銷急變靖大亂武文迭效再入中書樞密而弘帝業固邦本啓沃寀深凡中統名臣率備飾終之典矧爾斷國十有七謨遺勑在耳朕曷敢私是用製勲號定美謚躋之極官胙之吉壤於戲道積於躬君子之美利也賞延於世帝王之大賚也服兹丕顯休

命爾後人與有榮耀焉可贈推誠協謀佐運功臣太師開府儀同三司上柱國追封魯國公謚文定

樞密趙良弼贈謚制　　元明善

昔聖祖歸自武昌啟皇元始於中統天人胥贊宗戚叶從無何僭逆之餘輒作陸梁之態誰其將指先二使以遙征事則從權果群凶之畢殄與言及此軫念乂之資善大夫陝西等處行中書省參知政事趙訓父僉書樞密院事良弼才周庶務而洞察其幾學貫三才而不滯於用既輸誠於佐陝亦盡瘁於行東撤

蓬成之籓籬淨纖氛於雲棧易卉裳而冠帶渺一介於滄溟凡危衝和照之突來必大義純誠而自處故平生之偉績恒簡在於宸衷宥密八年險夷一致謙謙素履具見於典型婉娩艮籌每資於匡翼賜第之留未久引年之請彌堅雖房喬不忘秦府之游而李泌雅志嵩陽之隱在今日孰堪倚重顧舊臣寧復如卿特示褒崇盡由異渥於戲廸世以章平之訓有蔚其華疏封於趙魏之才所憑者厚朕將示勸卿其敬承可特贈推忠翊運功臣太保儀同三司追封韓國

公謚文正

平章董士選贈三代制　　元明善

大裘無文可用致饗良玉韞璞孰窺至珎緬懷遺逸之民邁種渾圓之德克昌厥後不在其身榮祿大夫陜西等處行中書省平章政事董士選曾祖父昕畝怡愉里閭退讓開田種木深期蔽日之輪囷如山出雲莫測爲霖之變化子能擇主孫亦象賢一門萬石之家聲四世五公之譜牒於戲愼終追遠分茅宜曾矩之光崇德報功推本叶孫枝之願亶茲異渥寵

爾營魂可特贈光祿大夫大司徒追封趙國公謚宣
懿
駿命握乾誕啓中天之運豹韜宣武叶成上國之光
想風雲之會匪常慨日月之流如駛爰加顯號以慰
故臣具官董士選祖父贈翊運効節功臣太傅開府
儀同三司上柱國追封壽國公謚忠烈俊被褐潛珍
棄書學劍戎馬折衝之末憖志巳出塵雲龍胥會之
有開身先就日獨立中山於鮠陒之際兩復眞定於
敓攘之間釋兵爲農所活者衆延師教子其訓益深

馬革裹尸實可憫生前之語虎頭食肉終有期没後之榮德之厚者嗣必昌功之著者禮必報肆朕嗣服念爾疇庸斯廣重封式彰異數於戲修祖廟陳宗器在予君臣之交孚光王室迪天休惟爾子孫之無斁精爽不昧寵渥其承可加贈推忠效節翊運功臣依前開府儀同三司上柱國改封趙國公仍謚忠烈

君臣相資莫踰同心之美忠孝兩立斯爲佐命之殊謂竹帛曷能以旣其勳維坐席猶足以優其禮惟祖有訓非朕敢私具官董士選父資德大夫中書左丞

僉書樞密院事贈金紫光禄大夫平章政事謚忠獻文炳正大剛方明允篤實起家試邑棄官羞墨綬之卑杖策從軍絶食望翠華之遠刑輕典以安反側釋降人以靖流離白日揮戈埤堄益張其羽翼長風破浪蒙衝直擣其腹心政在養民市不易肆辟國可方於姬奭活人何减於曹彬嶺嶠宣威南人不復反矣塞庭請討周公方且膺之恂恂持儒者之風諤諤挺大臣之節靖念丕圖之建罙深喬木之思格於皇天雖儼若帝庭之陟降涣其大號必有加玄宅之褒崇

錫以嘉名胙之列國掌武襄建牙之舊開司增立戟之榮九原如生終古永譽於戲英才間出足爲邦家之立基盛德無瑕宜爾子孫之逢吉載頒明制尚慰靈魂可加贈宣忠開濟佐運功臣太尉開府儀同三司上柱國追封趙國公仍謚忠獻

中丞于璋贈謚制　　元明善

善人天地之紀德莫有加君子邦家之基歿猶不朽睠懷遺直追錫殊封故資德大夫江南諸道行御史臺中丞于璋志蘊忠貞運逢熙洽慶雲甘露氣和而

動植自宜威鳳祥麟瑞應而猛鷙咸伏結深知於世祖參大政於武皇澄清每振於憲綱動靜允維於國體逮朕嗣服召卿來廷賜以繡衣執法應中端之象專茲白簡行軺寬南顧之憂遽何馳訃之聞盍有崇褒之渥於戲劉寬長厚允宜居鼎鼐之司胡廣中庸謂當久臺閣之任事垂往古恩慰九原咨爾營魂服我休命可贈推誠肅政功臣光祿大夫平章政事柱國追封薊國公謚文簡

中丞崔彧贈謚制　　張士觀

獻可替否治獲佐於明時崇德報功禮宜加於卹典故榮祿大夫平章政事御史中丞領侍儀司事崔彧山川間氣簪紱名家俾司綿蕝之儀繼彼瀛洲之選靡繇一介之助自結九重之知遂擢置於秋卿俄紀綱於柏寺奏請宮嬪之議罷征日本之師章疏可方之古人搢紳無出其右者擅生殺之柄忍容義甫之姦抑聚斂之臣力止延齡之相兩過文昌之府嘗僉宥密之司於琴瑟更張之初贊匕鬯主器之決屬元貞方大有爲之日適先帝臺中執法之官視左右何

以易趙堯在朝廷何可無汲黯薦著儒而備顧問崇名教以渙絲綸活人命於頃刻之間回天威於雷霆之下以去留繫憲臺之輕重辨邪正公天下之是非凡可以尊主而庇民曾不避犯顏而直諫慨話言之尚在想風采之如存永孚于休以昌厥後可贈推誠履正功臣太保開府儀同三司追封鄭國公謚忠肅

平章李庭贈謚制　張士觀

混一之期有開於真主佩攘之寄充頳於忠臣其器慱則用廼周其才全則效斯著顧奏捷獨多於群帥

而疇庸豈限於彝章故榮祿大夫平章政事議樞密
院事提調諸衛屯田事兼後衛親軍都指揮使李庭
宣力襄樊振威嶺海甫師干之歷試俄斧鉞之升崇
劍敵萬人縱橫制變衝當一面出入如神納之牛腹
而獲生載貫登陴之勇蔽以馬韉而捷鵞鴨爭執訊
之能其韜鈐動合於昔賢故聲烈特聞於今日至於
扈聖祖東降僭孽所向無前翼先朝西莫遐陬其猶
克壯決策於未然而策無遺者審幾之先見而幾則
灼然緬懷熊豹之姿忍聽鼓鼙之奏生也加封之弗

逮名焉節惠以爲宜於戲黼冕桓圭昭其文昭其度

王符麟節傳之子傳之孫精爽如存寵光無斁可特

贈推忠翊衛功臣儀同三司大保上柱國追封益國

公謚武毅

丞相卜憐吉台封河南王制　程鉅夫

撫帝業之艱難爰思將帥啓功臣之盟誓宜及子孫

咨爾在廷聽予作誥開府儀同三司河南江北等處

行中書省左丞相卜憐吉台智明識遠心廣氣和勳

名克篤於前人藩翰久勤於外服昔將平於內難朕

大投艱方深計於中途卿獨决進志存弼亮身佩安危所謂社稷之臣盍享尊榮之報乃復煩於機務非示寵於忠良是用命汝襲諸侯王以長守於富貴歸丞相印以自養於壽齡既不遠於京師可以時而朝覲允資重望坐鎮一方於戲表河之南念兹乃祖乃父爲國之屏敬哉有土有民永建厥家毋棄朕命

高麗國王晅加恩制　張士觀

咨爾高麗國王王晅秉心直諒賦質貞純早克嗣於先猷久服勞於王室身惟國壻寅居賓日之方男即

皇甥復預乘龍之選築館荷兩朝之眷分茅襲百祀之傳肆陛右揆之階光應上台之象茲荐頒於寵數其益勵於忠勤勤惟一德之懷居必正人是與祖宗世稱漢藩輔保樂土於三韓父子並爲周司徒播清風於萬古可特加純誠守正推忠宣力定遠保節功臣開府儀同三司太尉征東行中書省右丞相上柱國高麗國王尚服渥命以介福祺

安南國王陳益稷加恩制　程鉅夫

委質歸朝既去逆而效順以爵馭貴宜崇德而報功

誕播明綸用孚衆聽銀青榮祿大夫安南國王遥授
湖廣等處行中書省平章政事陳益稷知畏天者事
天期保境以安民慕帝王之有眞見幾而作懼祖宗
之不祀自拔而來以忠孝之誠而受知於世皇蒙天
地之德而賜封故國始者周王之赫怒伐罪弔民終
爲舜帝之誕敷班師振旅彼迷不復爾守彌堅拯溺
救焚從王師凡一再舉適館受餐留湖右幾三十年
身歷事於四朝志不渝於初節肆朕卽祚亟其來庭
是用加新秩以示恩仍舊封而授職於戲內寧外撫

朕不忘銅柱之南近悦遠來爾益拱辰星之北對揚休命永堅一心可加金紫光禄大夫安南國王依前遥授湖廣等處行中書省平章政事

平章張珪封蔡國公制　吳澂

天地之間有正人國家恃以爲元氣卿之忠蓋朕所眷知比因疾以祈閑爰加恩而優老榮禄大夫中書平章政事張珪彛常世閥鄗廟宗工早揔戎旃已作禮樂詩書之帥晚司化軸遂稱文學政事之臣左右六朝出入三府險夷不易其守鯁亮以如其初太清

罹薄食之昏前期致沐浴之請越於新服嘉乃舊勳謇謇之節詎肯詭隨侃侃而言類多裨益黜雖謁告奭尚勉留俾辭鞅掌之勞專罄格心之學緬惟先正嘗平金壘以立功宜得後昆復就蔡封而襲爵所謂故國庸建上公思竭爾忱廣敷陳於經幄欽承時命永弼贊於皇猷可封蔡國公提調經筵事

許衡妻敬氏封魏國夫人制　鄧文原

魯國有眞儒實弘宣於道統周南得淑女必肇正於人倫肆予社稷之臣夙有閨門之化爰旌令則特示

崇褒具官許衡妻敬氏性静以貞行恭而順自職居

主饋孝克奉於旨甘建貴被展衣儉猶親於澣濯惟

我宗工盡贊襄之道由爾内助秉柔正之儀雖善慶

之報方來而哀榮之典未稱肅視茅封而進秩式須

芝檢以疏恩於戲夫婦相敬如賓亦既追榮於偕老

公侯必復其始尚其啓廸於後人

丞相拜住贈謚制　　　　　　　　袁桷

八柱承天棟橈萌於巨構六龍御日輻説鼎於中衡

愍死難以成仁攷生榮而錫命故中書右丞相拜住

鼎彝王社閥閱相門自結主知應雲龍之異遇獨持國是柄蓍蔡之先幾陳於上者不足言見於事者爲可則斥聚歛之臣以靖四表誅黷貨之徒以正庶官庫無餘財拔葵之訓靡替門絶私謁懸衡之鑒益公天下望其治平朝廷以之模楷然晝言招過憸諆愈深選賢與能奸黨滋懼變成肘腋禍起股肱山嶽動揺日月昏蔽雖元兇正罰足明朕心在貞惠易名姑慰卿意分茅故壤增爵維垣噫未明入朝竟隳承宗之計盛服假寐孰爲鉏麑之賢念此盡傷恩斯優渥

可贈清忠一德佐運功臣太師開府儀同三司上柱國追封東平王謚忠獻

平章不忽木贈謚制　盧亘

朕凝命穆清式觀天造將啓靖邦之嘉運必生名世之大賢挺出類拔萃之資行尊主庇民之學使之君臣同德夙夜盡心協贊璣衡融景化於瞬息之頃深謀廊廟致太平於期月之間禮樂以之而興隆陰陽由之而順序昔聞其語今見其人故昭文館大學士榮祿大夫平章軍國重事行御史中丞不忽木明允

篤誠溫文廉讓研精聖道得先儒淵祕之傳藻勵忠
規承世皇簡注之渥荐膺器使徧歷清華殫物洽聞
而守以正經德廸慮而不近名屬熈朝更化之初開
明堂垂拱而治升居台鉉俾罄訏謨一澄苛弊之源
大洗姦諛之迹事至立斷言爲天下之公知無不爲
才實王者之佐攬群材而並進理萬變而不疑弘沃
聖衷誕孚辰告翊先帝履尊之際輟元臣分陝之行
再入秉鈞遽聞辭疾彌綸軍國閔勞機務之煩提挈
憲綱坐見朝廷之肅儀號隆福之優馭旋鶩梁壞而

山摧寧不百年遂亡一鑑備觀規摹之盛可謂社稷之臣肆予撫軍言還懷茲懿德當宁而嘆恨不同時圖高密於雲臺丹青罔旣詠裴度於丘禱柱石徒哀是用寵以帝傅之崇賜以周公之履庸起具臣之勸允爲儒者之光緊爾英靈歆茲明命可特贈純臣佐理功臣開府儀同三司太傅上柱國追封魯國公謚文貞

思州田晃忽而不花封二代制　馬祖常

國家外建藩屏以靖遠人責其宣布懷柔之惠能使

恩威並流而一方清謐者稽於國典可不賞勞乎具官某父某官某尚膺朝寵勤庸服官戮力小心不聞有過乃教忠於嗣息得襲慶於世家茲朕所不忘者也故命追褒異數階秩一品有靈在幽尚迪爾後比屬有司考禮於卹典矣而婦人之貴嘗視其夫子焉況有鵲巢汝墳之懿能行於其閨門衽席之間者乎具官某母某氏女儀柔婉來嬪辨族相其宗事珩璜有節又能篤生令子服於疆埸撫綏之勞湯沐衍封胙以列國其尚歆承休寵利爾後昆以延饋祀之

無已哉

朕以孝治天下凡人臣之親悉命因其班列之次功庸之等以爲寵數之異焉具官祖父某官某昔備官使輶綏邊氓頗著惠懷有譽南服夫天之施仁於物無間朕敢不法天已哉宥密之司階品爲貴啓爾後人保兹終吉

先王制禮婦人之義飲食衣服祭祀而已非有與於外事也然或婦道母德可以表率宗族而成其夫子者顧宜有以顯賁之也具官祖母某氏早躬組紃克

遵女戒作配令族柔閑有儀惟時聞孫扞我邊圉膺被爵祿光寵於時而爾可不素封鄉國以廣彤管之訓乎贊書在門其告泉壤

太史令王恂贈謚制　王士熙

洪惟世祖致治三代之隆總攬群英得人一時之盛碩儒既徃邺制宜加故嘉議大夫太史令王恂雅德端方醇資淵懿學邃天人之祕運親神聖之逢嘉謀嘉猷有則入告於后先知先覺又將下被於民叅儲闈調護之勤聞政府機密之奏望重漢廷之園綺職

專堯典之羲和攷曆授時日月星辰之順軌崇術造士詩書禮樂以移風太平立邦家之基正直折姦邪之氣朕承景命爾不同朝比觀嗣子之陳冞切思賢之感章披雲漢識裕皇舊學之初誓指山河啓昭代新封於後華躋公衮世易佳名於戲元氣所憑不存亡於生死九原可作尚哀榮於始終罔昧其承以昌厥績可贈推誠守正功臣光祿大夫司徒上柱國追封定國公謚文肅

御史觀音寶贈謚制　李端

見危授命乃臣子之至忠崇德報功寔國家之令典表茲奇節沛以新恩故監察御史觀音寶以才大夫爲眞御史叅給事於宿衛每供職於諫言殫輸向日之誠益勵飛霜之烈實封奏疏欲竭力以回天密邇姦人竟交讒而蠧國互激雷霆之怒誤罹斧鉞之誅廪雖死以猶生諒無善之不報於戲紫垣垂象正執法於星辰青簡流芳永爭光於日月尚期貞魄服我寵章可贈資德大夫御史中丞上護軍追封漁陽郡公謚貞愍

丞相伯顏祖考封謚制　宋本

元宰立功懋賛千年之運大廷敷號紹開奕世之封滙流窮源積善必慶故中書右丞相伯顏祖考故千夫長阿剌沉毅而窮力忠勤而小心從役忽禪奮蛇矛而深入扈征蜀道裹馬革以長終賢勞宿著於生平陰騭益隆於身後天開神聖闢中土而大同地隔江淮獨東南之未下廼生孫子一我寰區肆加命數之隆用極襃崇之典位既登於師傅秩並進於階勳胙土分茅易名節惠於以舉公朝之憲度於以嚴私

室之孫嘗於戲王父抱孫事業誕贅於閥閱天子建德恩光永賁於幽潛尙其有靈服之無斁可贈推誠佐理翊運功臣太傅開府儀同三司上柱國追封淮安王謚武康

御史大夫相嘉碩利封謚制　謝端

列爵之等以馭貴孰加於諸侯王元勲之胄而象賢宜膺於三錫命云胡殄瘁之蚤重予盡傷之懷故榮祿大夫江南諸道行御史臺御史大夫相嘉碩利鍾純美之資負經綸之畧粤若乃祖相我世皇始成混

一之功未受顧託之命襲其善慶惟時聞孫不階父師之訓而忠孝夙成篤於君臣之誼而夷險一致居給舍則伏蒲而抗論司宥密則彊本以折衝河汴交流分廟堂之重寄東南都會長端憲之崇班皆能綏輯士民肅清綱紀甘棠之愛遺澤猶新喬木之家清風未懋夫既世濟厥美而不天假之年緊淮陽之故圻爾先世之胙土迺啟封而陞秩仍節行而易名具之贊書賁於幽壤於戲霖雨舟楫之用雖不究於當時河山帶礪之盟尚益昌於爾後英爽來遠服茲寵

靈可

元文類卷之十二終

元文類卷之十三

元　　趙郡蘇天爵伯脩父編次
　　　太原王守誠君實父挍訂

奏議

時務五事 至元三年

許衡

臣衡誠惶誠恐謹奏呈時務五事伏念臣性識愚陋學術荒踈不期虛名偶塵聖聽陛下好賢樂善舍短取長雖以臣之不才亦叨寵遇自甲寅至今十有三年凡八被詔旨中懷自念何以報塞又日者面奉德

音叮嚀懇至中書大務容臣盡言臣雖昏愚荷陛下眷待如此其厚敢不罄竭所有思益萬分但迂拙之學本非求仕言論鄙直不能回互矯趨時好孟子以責難於君陳善閉邪迺爲恭敬孔子謂以道事君不可則止臣之所守者其大意葢如此也伏望陛下寛其不佞察其至懷則區區之愚亦或有少補云

立國規摹一

爲天下國家有大規摹規摹既定循其序而行之使無過焉無不及焉則治功可期否則心疑目眩變易

紛更日計有餘而歲計不足未見其可也昔子產處衰周之列國孔明用西蜀之一隅且有定論而終身由之況堂堂天下可無一定之論而妄爲之哉古今立國規摹雖各不同然其大要在得天下心得天下心無他愛與公而已矣愛則民心順公則民心服既順且服於爲治也何有然開創之始重臣挾功而難制有以害吾公小民雜屬而未一有以梗吾愛於此爲計其亦難矣自非英睿之君賢良之佐未易處也勢雖難制必求其所以制衆雖難一必求其所以一

前慮郤顧因時順理予之奪之進之退之內主甚堅外行甚易日曼月摩周旋曲折必使吾之愛吾之公達於天下而後巳至是則紀綱法度施行有地天下雖大可不勞而理也然其先後之序緩急之宜蚤有定則可以意會而不可以言傳也是之謂規摹國朝土宇曠遠諸民相雜俗旣不同論難遽定考之前代北方奄有中夏必行漢法可以長久故後魏遼金歷年最多其他不能實用漢法皆亂亡相繼史冊具載昭昭可見也

後魏拓拔氏改姓元都雲中遷俻十六帝一百七十一年

遼耶律改劉氏都臨潢徙無常處九帝二百一十八年

金完顏氏都上京遷燕九帝一百一十八年

前趙劉元海據平陽三主二十五年

後趙石勒都襄國六主三十二年

前燕慕容皝都薊遷鄴三主三十四年

前秦符堅都長安五主四十四年

後秦姚萇都長安三主三十四年

南燕慕容德據廣固二主十二年

南涼禿髮烏姑據廣固三主十八年

西秦乞伏國仁據金城四主四十七年

後燕慕容垂據中山鄴四主二十五年

夏赫連勃勃據朔方三主二十五年

國家仍處遠漠無事論此必如今日形勢非用漢法不宜也陸行資車水行資舟反之則必不能行幽燕以北服食宜凉蜀漢以南服食宜熱反之則必有變

異以是論之國家當行漢法無疑也然萬世國俗累朝勳貴一旦驅之下從臣僕之謀改就亡國之俗其勢有甚難者苟非聰悟特達曉知中原實歷代帝王爲治之地則必咨嗟怨憤諠譁其不可也竊嘗思之寒之與暑固爲不同然寒之變暑也始於微溫溫而熱熱而暑積百有八十二日而寒氣始盡暑之變寒其勢亦然山水之根力可破石是亦積之之驗也苟能漸之摩之待以歲月心堅而確事易而常未有不可變者然事有大小時有久近期小事於遠則遷延

虛曠而無功期大事於近則急迫愴惶而不達此創業垂統也以北方之俗改用中國之法也非三十年不可成功在昔金國初亡便當議此此而不務孰爲可務顧乃宴安逸豫垂三十年養成尾大之勢祖宗失其機於前陛下繼其難於後外事征伐內撫瘡痍雖曰守成實如創業規摹之定又難於嚮時矣然尾大之勢計聖謀神算已有處之之道非臣區區所能及也此外唯當齊一吾民之富實與學練兵隨時損益稍爲定制如臣輩者皆能論此在陛下篤信而堅

守之不雜小人不營小利不責近效不恤浮言則天下之心庶幾可得而致治之功庶幾可成也

中書大要二

中書管天下之務固不勝其煩也然其大要在用人立法二者而已近而譬之法之在頭不以手理而以櫛理又譬之食之在器不以手取而以匕取手雖不能自爲而能用夫櫛與匕焉是卽手之爲也上之用人何以異此不先有司直欲躬役庶務將見日勤日苦而日愈不暇矣古人謂得士者昌自用則小意正

知此夫賢者識治之體知事之要與庸人相懸蓋十百而千萬也布之周行百職具舉宰職總其要而臨之不煩不勞此所謂省也然久之賢否未能灼知其詳固不敢用或已知其孰爲君子孰爲小人復畏首畏尾患得患失坐視其弊而不敢進退之徒曰知人而實不能用人亦何益哉人莫不飲食也獨膳夫爲能致氣味之美莫不睹日月也獨術者爲能步虧食之數得法與不得法固難一律論有馬不能習必借人乘之有玉不能治必求玉人雕琢之小物尚爾況

堂堂天下神器可使不得法者爲耶古人謂爲山必因丘陵爲下必因川澤意正如此夫治人者法也守法者人也人法相維上安下順而宰職游優廊廟之上不煩不勞此所謂省也里巷之談動以古爲詬戲不知今日口之所食身之所衣皆古人遺法而不可違者豈天下之大國家之重而古成法反可違邪其亦弗思甚矣用人立法今雖不能遽起古昔然已仕者便當須降俸給使可養廉未仕者且當寬立條格俾就叙用則失職之怨少可舒矣外設監司糾察汚

濫內專吏部考定資歷則非分之求漸可息矣再任三任抑高舉下則人才爵位略可平矣舍此則堆積壅塞參差謬戾苟延歲月莫知所期俸給之數敘用之格監司之條例先當擬定至於貴家世襲品官任子驅良抄數之便宜續當議之亦不可緩也此其大凡要須深探古人所以用人立法之意推而衍之則何難見之有若夫得行與不得行在上之委任者何如而能行與不能行又在執政者得人不得爾此非臣之所能及也

爲君難三

踐言 防欺 任賢 去邪
得民心 順天道

生民有欲無主乃亂上天眷命作之君師必與之聰明剛斷之資重厚包容之量使首出庶物而表正萬邦此葢天以至難任之非予之可安之地而娛之也堯舜以來聖帝明王莫不兢兢業業小心畏慎日中不暇未明求衣誠知天之所畀至難之任初不可以易心處知其爲難而以難處則難或可易不知爲難而以易處則他日之難有不可爲者矣孔子謂人之言曰爲君難爲臣不易則其說所由來遠矣爲臣不

易臣巳告之安童至爲君之難尤陛下所當專意者臣請舉其切而要者欵陳於後

踐言

人君不患出言之難而患踐言之難知踐言之難則其出言不容不慎矣昔劉安世見司馬温公問盡心行巳之要可以終身行之者公曰其誠乎劉公問行之何先公曰自不妄語始劉公初甚易之及退而自檃括日之所行與凡所言自相掣肘矛盾者多矣力行七年而後成自此言行一致表裏相應遇事坦然

常有餘裕臣按劉安世一士人也所交者一家之親也一鄉之衆也同列之臣不過數十百人而止耳然以言行相較猶有自相掣肘矛盾者況天下之大兆民之衆事有萬變日有萬機而人君以一身一心酬酢之欲言無失豈易能哉故有昔之所言而今日不記者今之所命而後日自違者可否異同紛更變易紀綱不得布而法度不得立臣下雖欲黽勉而竟無所持循徒汨没於瑣碎之中卒於無補況因之爲弊者又日新月盛而不可遏在下之人疑惑驚眩且議

其無法無信一至於此也此無他至難之地不以難處而以易處之故也苟從古者大學之道以修身爲本凡一事之來一言之發必求其所以然與其所當然不牽於愛不蔽於憎不因於喜不激於怒虚心端意熟思而審處之雖有不中者蓋鮮矣柰何爲人上者多樂舒肆爲人臣者多事容悦容悦本爲私也私心盛則不畏人矣舒肆本爲欲也欲心熾則不畏天矣以不畏天之心與不畏人之心感合無間則其所務若皆快心事耳快心則口欲言而言身欲動而動

又豈肯兢兢業業以修身爲本一言一事熟思而審處之乎此人君踐言之難所以又難於天下之人也

防欺

人之情僞有易有險險者難知易者易知易知者雖談笑之頃几席之間可得其底藴難知者雖同居共事閱月窮年猶莫測其意之所向雖然此特繫夫人之險易者然也又有衆寡之辨焉寡則易知衆則難知難知非不智也用智分也易知非多智也合小智而成大智也故在上之人難於知下而在下之人易

於知上其勢然也處難知之地御難知之人欲其不見欺也葢難矣昔包孝肅剛嚴峭直號爲明察有編民犯法當杖脊吏受財與之約曰今見尹必付我責狀汝第呼號自辨我與汝分此罪汝決杖我亦決杖旣而包引囚問畢果付吏責狀囚如吏言分辯不已吏人厲聲訶之曰但受脊杖出去何用多言包謂其恃權捽吏於庭杖之十七特寛囚罪止從杖坐以沮吏勢不知乃爲所賣卒如素約臣謂此一京尹耳其見欺於人不過誤一事害一人而已人君處億兆之

上所操者予奪進退賞罰生殺之權不幸見欺以非爲是以是爲非其害可勝旣耶人君唯無喜怒也有喜怒則贊其喜以市恩鼓其怒以張勢人君惟無愛憎也有愛憎則假其愛以濟私藉其憎以復怨甚至本無喜也誑之使喜本無怒也激之使怒本不足愛也强譽之使愛本無可憎也强短之使憎若是則進者未必爲君子退者未必爲小人予者或無功而奪者或有功也以至賞之罰之生之殺之鮮有得其正者人君不悟日在欺中方使若曹擿發細隱以防天

下之欺欺而至此欺尚可防耶大抵人君以知人爲貴以用人爲急用得其人則無事於防矣既不出此則所近者争進之人耳好利之人耳無耻之人耳彼挾詐用術千蹊萬逕以蠱君心於此欲防其欺雖堯舜不能也

任賢

賢者以公爲心以愛爲心不爲利回不爲勢屈寘之周行則庶事得其正天下被其澤賢者之於人國其重固如此也然或遭時不偶務自韜晦有舉一世而

人不知者雖或知之而當路之人未有同類不見汲引獨人君有不知者人君雖或知之召之命之况如厮養而賢者有不屑就者雖或待之以貌接之以禮而其所言不見信用有超然引去者雖或信用復使小人參於其間責小利期近效有用賢之名無用賢之實賢者亦豈肯尸位素餐徒費廩祿取譏誚於天下也雖然此特論難進者言也又有難合者焉人君位處崇高日受容悅大抵樂聞人之過而不樂聞巳之過務快巳之心而不務快民之心賢者必欲匡而

正之扶而安之使如堯舜之正堯舜之安而後已故其勢難合況姦邪佞倖醜正惡直肆爲詆毁多方以陷之將見罪戾之不免又可望庶事得其正天下被其澤耶自古及今端人雅士所以重於進而輕於退者葢以此爾大禹聖人聞善卽拜益戒之曰任賢勿貳去邪勿疑貳之一言在大禹猶當警省後世人主宜如何哉此任賢之難也

去邪

姦邪之人其爲心險其用術巧惟險也故千態萬狀

而人莫能知如以甘言卑辭誘人於過失然後發之之類惟巧也故千蹊萬徑而人莫能禦如勢在近習則誘近習勢在宮闈則諂宮闈之類人君不察以謟爲恭以訐爲公以欺爲可信以佞爲可近喜怒愛惡人主固不能無然有可者有不可者而姦邪之人一於迎合竊其勢以立己之威濟其欲以結主之愛愛隆於上威擅於下大臣不敢議近親不敢言毒被天下而上莫之知此前人所謂城狐也所謂社鼠也至是而求去之不已難乎雖然此由人主不悟誤至於此猶有說焉如宇文士及之佞太宗灼見其

情而竟不能斥李林甫妬賢嫉能明皇洞見其姦而卒不能退邪之惑人有如此者可不畏哉

得民心

上以誠愛下下以忠報上有感必應理固宜然然考之往昔有不可以常情論者禹抑洪水以救天下其功大矣啓賢能敬承繼禹之道其澤深矣然一傳而太康才畋於洛萬姓遽仇而去之吁可怪也漢高帝起布衣天下之士雲合景從其困滎陽也紀信至捐生以赴急人心之歸可見矣及天下已定而相聚沙

中有謀反者此又何邪竊嘗思之民之戴君本於天命初無不順之心也特由使之失望使之不平然後怨望生焉禹啟愛下既如赤子矣民之奉上亦如父毋矣今太康尸位以逸豫滅厥德非所以爲父母也是以失望秦楚殘暴故天下叛之漢政寬仁故天下歸之今高帝用愛憎行誅賞非所以爲寬仁也是以不平推是二者參較古今凡有恩澤於民而民怨且怒者莫不類乎此也大抵人君即位之始多發美言詔告天下天下悅之冀其有實既而實不能副遂怨

心生焉一類同等無大相遠人君特以已之私好獨厚一人則其不厚者已有疾之之意況厚其有罪而薄其有功豈得不怒於心邪失望之怨不平之怒鬱而不解雖曰愛之惡在其爲愛之也必如古者大學之道以修身爲本凡一言也一動也舉可以爲天下法一賞也一罰也舉可以合天下公則億兆之心將不求而自得又豈有失望不平之累哉柰何此道不明爲人君者不喜聞過爲人臣者不敢盡言合二者之心以求天下之心則其難得也固宜

順天道

三代而下稱盛治者無如漢之文景然考之當時天象數變如日食地震山崩水潰長星彗星孛星之類未易遽數前此後此凡若是者小則有水旱之應大則有亂亡之應未有徒然而已者獨文景克承天心消弭變異使四十年間海內殷富黎庶樂業移告訐之風爲醇厚之俗且建立漢家四百年不拔之業猗歟偉哉未見其比也秦之苦天下久矣加以楚漢之戰生民糜滅戶不過萬文帝承諸呂變故之餘入繼

正統專以養民爲務其憂也不以巳之憂爲憂而以天下之憂爲憂其樂也不以巳之樂爲樂而以天下之樂爲樂今年下詔勸農桑也恐民生之不遂明年下詔減租稅也慮民用之或乏懇愛如此宜其民心得而和氣應也臣竊見前年秋孛出西方彗出東方去年冬彗見東方復見西方議者咸謂當除舊布新以應天變臣謂與其妄意揣度曷若直法文景之恭儉愛民爲理明義正而可信也天之樹君本爲下民故孟子謂民爲重君爲輕書亦曰天視自我民視天

聽自我民聽以是論之則天之道恒在於下恒在於不足也君人者不求之下而求之高不求之不足而求之有餘斯其所以召天變也變已生矣象已著矣乖戾之幾已萌而不可遏矣猶且因仍故習抑其下而損其不足謂之順天不亦難乎右六者難之目也舉其要則脩德用賢愛民三者而已此謂治本治本立則紀綱可布法度可行治功可必否則愛惡相攻善惡交病生民不免於水火以是爲治萬不能也

農桑學校四

語古之聖君必曰堯舜語古之賢臣必曰稷契益堯舜能知天道而順承之稷契又知堯舜之心而輔贊之此所以爲法於天下而可傳於後世也天之道好生而不私堯與舜亦好生而不私若克明峻德至黎民於變敬授人時至庶績咸熙此順承天道之實也稷播百穀以厚民生契敷五教以善民心此輔贊堯舜之實也是義也出書之首篇曰堯典曰舜典臣自十七八時巳能誦說爾後溫之復之推之衍之思之又思之苦心極力至年五十始大曉悟以是參諸往

古而往古聖賢之言無不同驗之歷代而歷代治亂之迹無不合自此胸中廓然無有凝滯斷知此說實自古聖君賢相平天下之要道既幸得之常以語人而人之聞者忽焉泛焉莫以爲意察其所至正如臣在十七八時蓋無臣許多思慮許多工夫其不能領解理固宜然然間與一二知者相與講論心融意會雖終日竟夕不知其有倦且怠也蓋此道之行民可使富兵可使強人才出之以多國勢出之以重臣夙夜念之至熟也今國家徒知歛財之巧不知生財之

由不惟不知生財而斂財之酷又害於生財也徒欲防人之欺不欲養人之善所以防者爲欺也不欺則無事於防矣欲其不欺非衣食以厚其生禮義以養其心則不能也徒患法令之難行不患法令無可行之地上多賢才皆知爲公下多富民皆知自愛則令自行禁自止誠能自今以始優重農民勿使擾害盡驅游惰之人歸之南畝歲課種樹懇諭而督行之十年以後當倉盈庫積非今日比也自上都中都下及司縣皆設學校使皇子以下至於庶人之子弟皆從事於學日明父子君臣之大倫自灑掃應對至於平天下之要道十年已後上知所以御下下知

所以事上上下和睦又非今日比矣能是二者則萬目皆舉不能是二者皆不可期也是道也堯舜之道也堯舜之道好生而不私唯能行此乃可好生而不私也孟子曰我非堯舜之道不敢陳於王前臣愚區區竊亦願學

慎徽五　定民志　崇退讓　慎喜怒　守信

定民志

夫天下所以定者民志定也民志定則士安於士農安於農工商安於爲工商則在上一人有可安之理

民不安於白屋必求祿仕仕不安於卑位必求尊榮四方萬里輻輳並進各懷無猒無恥之心在上之人可不爲寒心哉

崇耻讓

臣聞取天下者尚勇敢守天下者崇退讓不尚勇敢則無以取天下不崇退讓則無以守天下取也守也各有其宜君人者不可以不審也

慎喜怒

審而後發發無不中否則觸事遽喜喜之色見於貌

喜之言出於口人皆知之徐考其故知無可喜者則必悔其喜之失無可怒者則必悔其怒之失甚至先喜後怒先怒後喜先喜是則後之怒非也先怒是則後之喜非也號令數變無他也喜怒不節之故是以先王潛心恭默不易喜怒其未發也雖至近莫能知其發也雖至親莫能移故號令簡而無悔無悔則自不中變也人之揣君必於喜怒知君之喜怒者莫如近愛是以在下希進之人求託近愛近愛不察乃與之爲地甚至無喜生喜無怒生怒在上獨以喜之怒

之爲當理而不知天下四方譏笑怨謗正以爲不當理也最宜深念失於不守大體易於喜怒也

守信

數變已不可數失信尤不可周幽王無道不畏天不愛民酒荒色荒故不恤方今無此何苦使人不信

班師議　郝經

易文言傳謂亢之爲言也知進而不知退知存而不知亡知得而不知喪知進退存亡而不失其正者其惟聖人乎蓋乾之龍德體天行健六位時成時乘六

龍以御天時者何當其可之謂也故可以潛則潛可以見則見可以惕則惕可以躍則躍可以飛則飛五位者皆當其可聖王之德也至於上九則惟知進與存不知退與亡不當其可而違其時是以至此極而有悔弗逮乎五位者而猶謂之亢龍德於是乎衰不足以爲聖王矣故古之聖王莫不以時進退握乾知幾舜自耕稼陶漁以至爲帝知進也以天下與人不私其子而以與禹知退也文王三分天下有其二以服事殷知退也武王遂伐殷而有天下知進也漢高

帝不與項羽校蠖屈漢中知退也還定三秦以討羽知進也光武爲更始殺其兄齊武王而不校展轉河朔知退也一旦自立中興漢室知進也故上世稱聖王者以舜爲首其次則稱文武後世之稱聖王者以高帝爲首其次則稱光武皆知進退存亡之理時乘御天卒以龍德而位天位者也至於魏孝文雖不逮於文武高光遷都洛陽總干問罪辭順而返齊人侵軼報之以兵聞喪而還進退以禮不隕師徒卒全龍德爲用夏變夷之賢主亦其次也彼憑威恃力以逞

無疆之欲皆亢龍之師也秦符堅金海陵亢而不悔者也漢武帝唐太宗亢而有悔者也雖皆亢龍悔而知退又其次也太舜不可及已文武高光魏孝漢武帝唐太宗後王進退有餘師矣共惟大王殿下聰明睿智足以有臨發強剛毅足以有斷進退存亡之正知之久矣嚮在沙陀命經曰時未可也又曰時之一字最當整理又曰可行之時爾自知之大哉王言時乘六龍之道知之久矣自出師以來進而不退經有所未解者故言於真定於曹濮於唐鄧亟言不已未

賜開允乃今事亟故復進狂言國家自平金以來皆
亢龍之師也惟務進取不違養時晦老師費財卒無
成功三十年矣先皇帝立政當安靜以圖寧謐忽無
故大舉進而不退畀王東師則不當亦進也而遽進
以爲有命不敢自逸至於汝南既聞凶訃即當遣使
遍告諸師各以次還修好於宋歸定大事不可復進
也而遽進以有師期會於江濱遣使喻宋息兵安民
振旅而歸不當復進也而又進既不宜渡淮又豈宜
渡江既不宜妄進又豈宜攻城若以幾不可失敵不

可縱亦既渡江不能中止便當乘虛取鄂分兵四出直造臨安疾雷不及掩耳則宋亦可圖如其不可知難而退不失爲金兀朮也師不當進如進江不當渡而渡城不當攻而攻當速退如不退當速進而不進遷延盤桓江渚情見勢屈舉天下兵力不能取一城則我竭彼盈又何俟乎且諸軍疾疫已十四五又延引日月冬春之交疫必大作恐欲還不能彼既上流無虞呂文德已并兵拒守知我國釁鬬氣自倍兩淮之兵盡集白鷺江西之兵盡集龍興嶺廣之兵盡集

長沙閩越沿海巨艑大艦比次而至何隙而進如遏截於江黄津渡邀遮於大城關口塞漢東之石門限郢復之湖濼則我將安歸無巳則突入江浙擣其心腹聞臨安海門巳具龍舟則亦徒往還抵金山并命求出豈無韓世忠之儔乎且鄂與漢陽分據大别中挾巨浸號為活城内薄骨并而拔之則彼倭破壁空城而去泝流而上則入洞庭保荆襄順流而下精兵健櫓突過滸黄未易遏也則亦徒費人命我安所得哉區區一城勝之不武不勝則大損威望復何俟乎

雖然以王本心不欲渡江既渡江不欲攻城既攻城
不欲并命不焚廬舍不傷人民不易其衣冠不毀其
墳墓三百里外不使侵掠或勸徑趣臨安曰其人民
稠夥若徃雖不殺戮亦被踐蹂吾所不忍若天與我
不必殺人若天弗與殺人何益而竟不徃諸將歸罪
士人謂不可用以不殺人故不得城曰彼守城者秪
一士人賈制置汝千萬衆不能勝殺人數月不能拔
汝輩之罪也豈士人之罪乎益禁殺人㠀然一仁上
通於天久有歸志不能遂行爾然今日事急不可不

斷也宋人方懼大敵自救之師雖則畢集未暇謀我
弟吾國內空虛塔察國王與李行省肱脾相依在於
背脅西域諸胡窺覘關隴隔絶旭烈大王病民諸姦
各持兩端觀望所立莫不覬覦神器染指垂涎一有
狡焉或啓戎心先人舉事腹背受敵大事去矣且阿
里不哥已行赦令令脱里赤爲斷事官行尚書省據
燕都按圖籍號令諸道行皇帝事矣雖大王素有人
望且握重兵獨不見金世宗海陵之事乎若彼果決
稱受遺詔便正位號下詔中原行赦江上欲歸得乎

昨奉命與張仲一觀新月城自西南隅抵東北隅萬
人敵上可並行大軍排槎弇樓締構重複必不可攻
秖有許和而歸爾復何俟乎願陛下以祖宗爲念以
社稷爲念以天下生靈爲念奮發乾剛不爲需下斷
然班師亟定大計銷禍於未然先命勁兵把截江面
與宋議和許割淮南漢上梓夔兩路定疆界歲幣置
輜重以輕騎歸渡淮乘馹直造都則從天而下彼之
姦謀僭志氷釋瓦解遣一軍逆大行皇帝靈轝收皇
帝璽遣使召旭烈阿里不哥摩哥及諸王駙馬會喪

和林差官於汴京京兆成都西凉東平西京北京撫慰安輯召太子鎮燕都示以形勢則大寶有歸而社稷安矣失之東隅收之桑榆以退爲進以亡爲存飛龍在天利見大人無亢龍之悔矣十一月二日臣經昧死上進

元文類卷之十三終

傳古樓景印